KB271980

이만 원만 빌려줘

트리플

36

TRIPLE

○만 원만 빌려줘

안보윤 연작소설

차례

이만 원만 빌려줘

1

(김동주 차량 블랙박스 음성 기록)

아저씨, 여긴 우주정거장이에요.

그래.

난 처음으로 우주에 나간 우주비행사예요. 아저씬 뭐 할래요?

그냥. 아무거나.

아무거나 어떤 거요?

……토스터나 주전자, 그런 거.

안 돼요. 우주에는 꼭 필요한 것만 갖고 갈 수 있단 말예요.

그럼 전기밥솥.

좋아요.

(침묵)

아저씨.

왜.

아저씨, 말을 해야죠.

……맛있는 흑미밥이 완성되었습니다.

그런 거 말고요.

보온 중입니다.

아저씨 그냥 사람 하면 안 돼요? 밥솥 말고.

사람은 무슨 말을 하는데?

밥 먹었니.

밥 먹었니.

영어학원 다녀왔니.

다녀왔니.

세수할 땐 귀 뒤도 닦아야지.

그런 거야?

그럼요. 치카치카할 때 혓바닥 닦는 것처럼.

그래.

다시 해봐요. 숙제 다 했니.

다 했니.

친구랑 싸우진 않았고?

…….

아저씨 친구랑 싸웠어요?

……안 싸웠어.

근데 왜 그런 얼굴이에요?

내가 어떤 얼굴인데?

전기밥솥 같은 얼굴이요.

2

아주 어릴 때 알게 되었어요. 내가 불행한 인간이란 사실을요. 어린아이들이 어느 날 문득, 자기가 사자도 거인도 경찰차도 아닌 보통의 인간이라는 걸 깨닫게 되는 것처럼 자연스러운 흐름이었죠. 주머니에 아무렇게나 밀어 넣은 껌 종이처럼 내 인생 곳곳에 불행이 쑤셔 박혀 있었어요.

불행한 아이가 성장하는 방식은 간단해요. 계속, 줄곧 깨닫는 거죠. 나는 불행한 아이구나. 나는 불행한 청소년이구나. 불행한 어른이 되었고, 이제 불행하고 가난한 노인이 되어가고 있구나. 불행을 애착 인형처럼 끌어안고 다니는 삶을 인정하는 거예요. 인정하면 차라리 편안해져요. 아무리 재수 없는 일이 생겨도 이럴 줄 알았어, 하고 담담해지거든요. 기대도 억울함도 분노도 없는 삶. 불행이란 건 그리 대단치 않아요. 세상에서 제일 쉬운 게 불행해지는 거니까요.

그날이 내게 특별하지 않은 건 그런 이유예요. 내가 강원도 펜션에서 불붙은 연탄과 번개탄을 곁에 두고 눕기까지 내 삶에 촘촘히 박음질되어 있던 불행의 그림자를, 어떻게 논리적으로 설명할 수 있겠어요? 난 그날 죽기를 원했고 지금까지 늘 그래왔듯 죽지 못했어요. 불행히도 말이죠.

알 것 같다니, 뭘요? 나를? 내 불행을?

사람들은 자신의 말이 상대방에게 위로가 될 거라 믿는 모양이에요. 내가 듣기엔 개소리거나 개수작이거나 둘 중 하난데. 부모, 선생, 정신과 상담의, 생명의 전화조차 아무렇지 않게 개소리를 해대요. 나는 당신의 처지를 이해합니다. 지금 어떤 심경일지 너무 잘 알아요. 나도 그런 힘든 시절을 지나왔거든요. 매일 수확 가능한 작은 목표를 세우고 꾸준히 노력하다 보면 결국 이겨낼 수 있을 겁니다. 내가 도와줄게요. 당신은 충분히 강한 사람입니다. 누구보다 소중한 사람이에요.

웃기지 않아요? 불행이란 건 지극히 개인적인 거예요. 오직 나만이 내 불행을 감각할 수 있어요. 타인의 이해나 동의 따위가 필요한 영역이 아니라고요.

누군가에게 이해받고 싶어 하는 사람이 더 처절하게 불행해지는 이유가 그거예요. 불행을 전시할수록 인간은 고독해지죠. 타인의 불행을 제멋대로 구경하고 속단할 순 있겠지만 그 무게와 밀도를 온전히 감각할 수 있는 건 본인뿐이에요. 난 동병상련이니 유대감이니 그딴 소리 안 믿어요. 만약 내게 손가락이 없고 당신에게 발가락이 없다면, 우리는 서로의 불편을 온전히 이해할 수 있을까요? 우리가 정말 같은 처지라고 말할 수 있어요? 피아니스트의 잃어버린 손가락과 마라톤 선수의 잃어버린 손가락이 같은 무게일 수 있나요?

그러니 알 것 같다는 말, 함부로 하지 말아요.

그 사람 이름이 김동주라고 했죠. 김동주 씨는 이미 죽어버렸다면서 죽음의 이유를 캐는 게 무슨 의미가 있는지 솔직히 난 모르겠어요. 내 불행이 나만의 것인 것처럼 김동주 씨의 고통도 그 사람만이 알 텐데요. 당신이 책을 내든 안 내든 마지막에는 한 가지 사실만 남을 거예요. 당신이 끝끝내 김동주 씨를 이해하지 못했다는 사실요.

김동주 씨의 첫인상은, 뭐랄까, 단정한 느낌. 모든 것이 정돈된 건조한 이미지였어요. 자살을 처음 시도하는 사람들이 그래요. 특유의 비장함이 사람을 서늘하고 단정하게 만들죠. 죽음이 얼마나 육체적인 건지 모르니까 쓸데없이 속옷을 갈아입고 면도도 하고 약품 냄새도 안 빠진 새 옷을 입고 나오는 거예요. 속옷을 갈아입는 것보다 관장을 하는 게 훨씬 현실적인데 말이죠.

만남의 조건은 단순했어요. 김동주 씨도 나도 끝을 원했죠. 사실 난 그때가 처음이 아니었어요. 오픈 채팅에서 함께 죽자고 말해오는 사람을 서너 번쯤 만났

었거든요. 아무 곳에서 만난 사람과 아무 얘길 하다 죽어버리자고 의기투합한 적도 있었고요. 그런데 실제로 죽어버린 사람은…… 김동주 씨가 유일하네요. 전에 만났던 사람들은 전부 다 가짜였어요. 가짜들은 지독히 들뜨고 흥분한 상태로 약속 장소에 나와요. 당연하다는 듯이 술을 권하고 약을 권하고 구질구질하게 섹스를 요구하죠. 마지막 소원이야, 이번이 정말 마지막인데, 어차피 죽어 없어질 몸뚱이 어쩌고 하기 시작하면 말짱 꽝이에요. 그런 인간들은 대부분 싸구려 모텔에 들어가서 배가 고프네 술이 고프네, 오래 앉아 있었더니 허리가 아파 누워야겠네, 되도 않는 수작을 부리죠. 그런 인간들 때문에 더 불행해지거나 절망적이 되진 않았어요. 한심하고 귀찮았달까. 험한 꼴을 당할 뻔한 적도 몇 번 있지만, 말했잖아요, 불행을 인정하면 담담해진다고.

김동주 씨는 그들과 달랐어요. 현실과 연결된 수많은 실이 있다면 김동주 씨는 그걸 차근차근 모조리 잘라내며 걸어온 사람 같았죠. 실밥 뭉치처럼 곳곳이 비어서 언제 흩어져도 상관없다는 듯 무감했어요. 보자마자 알겠더라고요. 이 사람은 진짜구나. 이번에는 진짜, 끝을 낼 수 있겠구나.

정말, 진짜, 마지막이라고 생각하니 욕심이 생겼어요. 사치스럽진 않더라도 남들 보기 그럴듯하게 죽고 싶었죠. 강원도로 가자고 했더니 그 사람, 왜냐고 묻지도 않던데요. 나는 이번에 기필코 죽어야겠다고, 그런데 전철역 앞 대실 삼만 오천 원짜리 모텔 방에서 죽긴 싫다고 말했어요. 창밖으로 산이든 바다든 보이는 강원도 펜션에서, 벽지와 침대보가 새하얀 객실을 잡고 싶다고, 죽기 전에 두껍게 썬 도미회와 소주를 먹고 싶다고 그랬죠.

김동주 씨는 내가 얘기하는 걸 가만히 듣고만 있었어요. 내가 이전 사람들을 평가했던 것처럼 그 사람 역시 날 평가하고 있었을지 모르죠. 이게 진짜일까 가짜일까 의심하면서요. 조울증과 불면증에 시달리는, 더럽게 불행한 여자 정도면 정확했을까요. 낡긴 했지만 내게 차가 있습니다. 김동주 씨가 말했어요. 그러곤 되게 미안한 표정으로 덧붙였죠. 하지만 기름 넣을 돈이 없어요.

─이만 원이 전부라서요.

—이만 원이요?

—네, 이만 원. 그게 제 전 재산입니다.

—이만 원이 전 재산이라 죽으려는 건가요?

—아뇨, 이만 원이 생겨서 드디어 죽을 수 있게 됐습니다.

무슨 소린지 모르겠지만 내가 내겠다고 했죠. 기름값도 톨게이트비도 숙박비도 밥값도 전부 내가 내겠다고. 그 사람, 또 미안해하면서 말하더군요.

—그럼 저기, 마지막 식사는 만두전골로 안 되겠습니까.

—만두전골이요?

—오래 끓여서 만두피가 바닥에 눌어붙은, 타기 직전의 뜨거운 만두전골이 먹고 싶습니다.

그러고 보니 그런 재미없는 소리도 했네요. 최후의 만찬으로 졸아붙은 만두전골이 먹고 싶다고. 결국 먹진 못했지만요.

3

누구에 대한 얘기를 듣고 싶으신 겁니까.

유괴범 김동주? 자살자 김동주? 어느 쪽이든 제가 해드릴 수 있는 얘기는 많지 않을 겁니다. 왜냐하면, 저도 아직 모르겠으니까요. 제 친구 김동주와 유괴범 김동주 사이에 어떤 상관관계가 있는지, 어느 쪽이 진짜 동주인지 저는 정말 모르겠습니다.

친구 김동주 이야기를 하겠습니다. 솔직히 제가 아는 건 그쪽밖에 없으니까요. 동주와는 중학교, 고등학교를 함께 다녔습니다. 서로 다른 대학에 진학했지만 같은 가게에서 아르바이트를 했고 휴일도 대부분 함께 보냈어요. 동주는 둔하고 예민한 성격이었습니다. 이상한 말인 건 알고 있지만 그렇게밖에 설명할 방법이 없어요. 동주는 세상사에 어둡고 요령 없고 고지식한 성격이었습니다. 답답할 정도로 유순했고요. 그런데 스스로 용납할 수 없는 어느 지점에 다다르면 몹시 예민하고 과격하게 변모했습니다. 손바닥 뒤집듯 성격이 바뀌었달까요. 사회적 입지나 이해득실 같은 건 아예 머릿

속에 없는 것 같았습니다. 무모하고 대책이 없었죠. 제가 짐작할 수 있는 유괴범 김동주는 그쪽이지 않을까 싶습니다. 무언가가 동주를 더는 참을 수 없는 한계점까지 몰고 간 거겠죠.

예를 들자면 이런 겁니다. 우리는 한 편의점에서 오랫동안 일을 했습니다. 같이 근무를 설 때도 있었고 주간 야간을 번갈아 할 때도 있었어요. 편의점주는 괴팍하고 게으른 사람이었는데, 그 사람이 발주 업무를 떠넘기거나 자기가 잘못 발주한 걸 우리에게 덤터기 씌워도 동주는 신경 쓰지 않았습니다. 최저시급을 맞춰 준 적도 없고 툭하면 술을 마시러 나가 예정에도 없던 연장 근무를 해야 했어요. 폐기를 앞둔 도시락과 김밥 같은 게 식대 대신이었는데, 우리가 비싼 걸 먹을까 봐 마누라를 시켜 진열품을 싹 걷어 가는 인간이었습니다. 아르바이트 구하기가 어려워 어쩔 수 없이 일을 계속하고 있었습니다만, 하나부터 열까지 마음에 안 드는 일투성이었습니다. 저는 그곳이 끔찍하게 싫었습니다. 언젠가 점주가 만취해 들어와 컵라면을 끓여 오라며 고래고래 소리 지르다 고꾸라졌을 땐 쌤통이다 싶었어요.

코뼈든 팔꿈치뼈든 어디 한 군데 부러졌다면 차라리 측은하기라도 했을 겁니다. 바닥에 엎어져서도 돼지처럼 꽥꽥대는 점주를, 동주가 부축해 창고 겸 탈의실로 데려갔어요. 동주는 그랬습니다. 시키면 시키는 대로, 면박을 주면 주는 대로 자기 일을 계속했죠. 만만해 보였는지 점주는 유난히 동주를 못살게 굴었습니다.

하루는 점주가 술에 잔뜩 취해서, 같이 야간조를 하고 있던 우리에게 말했습니다.

—이 버러지 같은 새끼들. 너네는 평생 그 꼬라지로 살 거다.

저는 편의점 조끼를 벗어 던졌습니다. 마음 같아선 점주 얼굴에 내던지고 싶었지만 그럴 용기까진 없었어요. 창고에서 짐을 싸는데 동주는 또 저 말을 다 듣고 있나 보다 싶어 속이 터졌습니다. 그래, 너는 여기서 평생 그러고 살아라. 점주한테 할 수 없다면 동주에게라도 험한 말을 퍼부어주자고 작정하고서 창고를 나섰습니다.

그런데 나와 보니 점내가 아수라장인 겁니다. 진열대 물건들이 전부 쏟아져 있었어요. 즉석식품 코너에 선 동주가 무심한 동작으로 손을 뻗어 햇반이며 카레, 스튜 따위를 바닥에 내던지고 있었습니다. 물건이 터질 만큼의 강도는 아니었지만 모서리가 찌그러져 팔 수 없을 정도는 되었어요. 냉장고 문을 연 동주가 그 앞에 우뚝 선 채 점주에게 묻더군요.

—이런 것도.

점주가 멍하니 동주를 바라보았습니다.

—버러지가 이런 것도, 할 줄 압니까.

그러곤 냉장고 안의 것들을 집어 들었습니다.

저는 대부분 동주를 지켜봤고 가끔은 답답해했지만 대체로 응원했습니다. 그런 동주와 사이가 틀어진 건 순호 때문이었어요.

순호와도 중학교 때부터 한동네에 살았습니다. 같은 학교에 다녔고 같은 입시제도하에 굴려졌다는 것만으로 우리가 친해질 이유는 충분했습니다. 다만 순호에겐 시원치 못한 사정이 있었습니다. 순호는 '어머니'라 부르던 사람과 둘이 살고 있었는데, 고등학교에 입학한 뒤 그분이 췌장암 3기 진단을 받았거든요. 대단찮은 일상이었던 만큼 허물어지는 건 순식간이었습니다.

두 차례 감행한 수술은 빚만 남긴 채 실패했고, 극도로 쇠약해진 그분은 호스피스 병동으로 옮겨졌습니다. 전세보증금을 일찌감치 뽑아 쓴 터라 순호는 잠잘 곳조차 없었습니다. 처음엔 우리 집과 동주네 집에 번갈아 신세를 지더니 몇 달 지나지 않아 학교를 그만두고, 숙식을 제공하는 지방 육가공 공장으로 내려갔습니다. 순호는 돈을, 아주 많은 돈을 벌어야 했어요. 그간 수술과 항암 치료로 진 빚은 물론이고 호스피스 병동의 매일매일이 고스란히 채무로 쌓여갔으니까요.

우리, 그러니까 동주와 저는 비교적 무탈한 일상을 보내고 있었습니다. 솔직히 순호를 보면서 다행이라고 안도한 때도 있었어요. 가난하지만 적어도 제 부모님은 건강했고 직장에 다니고 있었고 어떻게든 대학 등록금을 마련해줄 정도의 여유도 있었습니다. 솔직히 순호가 왜 저런 일을 떠맡아야 하나 불만스러울 때가 많았습니다. 그분하고 순호는 생판 남이었거든요.

우리가 그분에 대해 물을 때마다 순호는 매번 다른 설명을 했습니다. 어느 때는 섬에서 혼자 상경한 자신을 돌봐주던 하숙집 아주머니가 어머니가 된 거라고 했다가, 어느 때는 어머니의 이복자매라고 했다가, 어느 때는 부모에게 학대받는 자신을 훔쳐 와 숨겨준 은인이라고 말했어요. 순호에게 그분은 어머니이자 이모이자 생명의 은인이었습니다. 순호는 오로지 인간적인 이유로 그분에게 얽매여 있었는데, 어찌 보면 웃기지도 않는 일이었어요. 인간의 도리를 다하겠답시고 인간답게 사는 삶을 포기한 셈이니까요.

호스피스 병동이었음에도 불구하고 순호는 신약이 나오거나 조금이라도 효과적인 치료법이 나왔다 하면 득달같이 의사를 찾아갔습니다. 그즈음 그분은 비쩍 마른 나무토막에 가까웠어요. 벼락을 맞아 쪼개지고 불탄 나무도 그처럼 비루하진 않았을 겁니다. 새까맣게 말라 죽은 몸에 수액을 꽂은 손등과 발등만 비정상적으로 통통 불어 있었죠. 아이러니하게도 순호 역시 그분과 똑같은 몰골이었습니다. 순호는 매일같이 빚을 지고 돈을 벌어 빚을 갚고 또 새로운 빚을 지고, 그걸 갚기 위해 점점 더 열악한 환경에서 일했습니다. 그분을 좀 먹는 게 암세포였다면 순호를 좀먹는 건 그분이었어요.
— 왜 죽질 않지.

제가 말했습니다. 무심코 내뱉은 말이었어요. 악의는 없었습니다만 솔직히 모르겠습니다. 순호를 생각하면 이제 그만 죽어줘야 하지 않나 생각했던 게 사실이니까요. 암의 전이 속도가 급격히 빠르다고, 순식간에 말기가 되었다고 말했으면서 그분은 오 년이 넘도록 죽지 않았습니다. 동주와 제가 고교를 졸업하고 대학생이 되고 동반입대를 했다 제대해 복학하는 동안에도, 순호는 지방의 육가공 공장에서 매일 닭 내장을 뽑고 뼈를 바르고 더께처럼 쌓여가는 빚에 짓눌려 있었습니다. 억울했어요. 순호가 미치도록 불쌍했습니다.

—이제 좀 가주셔야 하는 거 아닌가.

—뭐?

—순호도 사람답게 살아야지.

제 말에 동주의 얼굴이 일그러졌습니다.

—순호는, 가장 사람답게 사는 삶을 선택해서 살고 있어.

—넌 친구라는 놈이 그런 소릴 하냐. 순호가 사는 꼴을 보고도 그런 말이 나와? 지금 순호는 중졸에다 떠안은 빚만 수천만 원에 변변한 기술도 없어. 거기에 순호가 스스로 선택한 게 하나라도 있긴 해? 이대로 늙

어 죽을 때까지 빚에 허덕이며 닭 내장이나 뽑는 게, 그게 순호가 선택한 삶이라는 거야?

—순호가 지금껏 필사적으로 지켜온 삶을 네가 뭐라고 부정해?

—부정할 삶이 남아 있긴 하고?

동주가 제 책상 위 물건들을 바닥으로 내던졌습니다. 언젠가 편의점에서 그랬던 것처럼요. 완전히 부서질 만큼은 아니지만 충분히 일그러지고 금이 갈 정도의 강도로 하나씩, 모조리 다. 엉망이 된 방 가운데 우뚝 선 동주가 제게 말했습니다.

—알지도 못하면서 함부로 말하지 마. 순호가 선택한 삶은 그런 게 아니야.

동주와 싸운 뒤 한 달도 지나지 않아 그분의 장례식을 치렀습니다. 공장에서 일하느라 순호는 한 달에 한 번 겨우 서울로 올라왔는데, 마침 순호가 올라온 날 그분이 돌아가셨어요. 염치는 있군, 그런 몹쓸 생각을 하며 장례식장으로 갔습니다. 얼마나 오래 병원에 있었는지 의사와 간호사들이 조문객으로 내려올 정도였습니다. 그 모든 상황이 제겐 좋게 보이지 않았어요. 상주로 선 순호의 얼굴은 담담해 보였습니다. 돌이켜 보면 병이 발발한 순간부터 늘 그 순간을 각오하며 살아온 셈이니까요. 오히려 동주가 상주처럼 보였습니다. 동주는 오래, 아주 오래 울었습니다. 사흘 동안 먹지도 자지도 않고 끊임없이 향을 살피고 순호를 끌어안아 토닥이면서, 순호 대신이라는 듯 내내 울었습니다. 납골이 끝난 뒤 순호는 공장을 그만두었습니다. 사망보험금으로 빚은 어찌어찌 처리했습니다만, 돈 한 푼 경력 한 자락 없기는 이전과 마찬가지였으니 순호로서는 달리 선택지가 없었을 겁니다. 순호는 곧바로 군에 입대했고, 반년 만에 자살했습니다.

4

(김동주 차량 블랙박스 음성 기록)

엄마가 올까요?

오겠지.

우리 엄마 되게 바쁜데.

이럴 때 바쁜 엄마는 없어.

이럴 때가 어떤 때인데요?

아이가 무서워할 때.

나 별로 안 무서운데.

여긴 우주정거장이라면서. 깜깜한 우주에 혼자 있으면, 외롭고 무섭지.

나 혼자 아닌데. 전기밥솥이랑 같이 있는데.

고장 났어.

아, 그럼 무섭겠다.

(침묵)

아저씨.

……보온이 취소되었습니다.

아저씨 고장 났다면서요.

그러니까 취소.

우리 엄마한테 돈 많이 달라고 했어요?

응.

얼마나요?

이만 원.

그건 조금이잖아요.

많아. 한 끼를 먹기엔 충분히 많아.

더 많이 받아서 다섯 끼 먹으면 되잖아요.

안 돼.

왜요?

많으면 살고 싶어지니까.

아저씨 죽어요?

……전원이 꺼졌습니다.

5

그런데 그 사람, 정말로 죽었군요. 경찰서에서 참고인 진술할 때도 뉴스에 기사가 나올 때도 별로 실감이 안 났는데. 뉴스에 나오는 얘기들은 오히려 현실 같지가 않아요. 소파에 누워 채널을 돌려가며 남의 비극을 함부로 구경하는 기분이랄까.

죽지 못할 걸 뻔히 알면서 사람들을 만난 것도 비슷한 이유일 거예요. 궁금했어요. 남들은 어떤 불행을 움켜쥐고 사는지. 멀찌감치 서서 구경이나 해볼 작정이었죠. 그러다 보면 있거든요, 진짜 불행에 잠식된 사람이. 관심 끌고 싶어서 불행을 연기하는 사람 말고 정말이지 불행 그 자체인 사람이 말예요.

냄새가 지독한 남자를 만난 적이 있어요. 소독용 알코올과 락스를 섞어놓은 것 같은 냄새였는데 마주 앉아 있자니 눈이 다 따가울 지경이었죠. 뭐 하는 사람이냐고 물으니 아무것도, 라고 답했어요. 아무것도 하지 않는 사람, 아무것도 남지 않은 사람, 아무것도 될 수 없는 사람. 오전 일곱 시부터 하루 열다섯 시간씩 일하고 나면 온몸이 젤리처럼 변해요. 남자가 자조적으로 웃으며 말했죠. 말랑말랑한 젤리 말고 서랍장 뒤쪽에 떨어져 먼지를 뒤집어쓴 채 굳어버린 꾸덕꾸덕한 거요. 아무것도 안 해도 끄트머리가 잿빛으로 부스러지는 그런 젤리.

나도 비슷해요. 내가 말했죠. 기껏 취직한 직장에 사흘도 출근할 수 없을 때, 주변 사람들의 경멸 섞인 위로가 끔찍해 누구와도 만날 수 없을 때, 자욱하게 차오른 어떤 감정 때문에 온몸의 경계가 허물어질 때 나도 거대한 젤리가 되어버린다고요. 눈곱을 떼려고 손을 움직이는 것조차 할 수 없어 아예 눈뜨는 걸 포기하는 그런 축축하고 쓸모없는 젤리.

―어느 곳에 몸을 걸치든 바닥으로 줄줄 흘러내려버리는 거예요.

내가 설명하는 동안 남자가 소주를 한 잔 두 잔 따라 마셨어요. 피부가 트고 갈라져 정말 부스러지는 것처럼 보이는 손으로요.

—굳어버린 젤리와 바닥에 고여 질척거리는 젤리 중에 뭐가 더 나은지 모르겠네요. 둘이 적당히 섞였다면 좋았을 텐데.

내 말에 남자가 소주를 반 잔 더 마시더니 고개를 저었어요. 물티슈를 꺼내 아무것도 묻지 않은 손가락 사이를 꼼꼼히 닦더니 말했죠.

—섞일 수 있다면 그쪽 말고 다른 사람이 좋아요.

다른 사람. 어릴 때부터 친하게 지낸 친구라든가요. 집안 사정으로 학교를 그만두고 공장에 취직했을 때 유일하게 자길 지지해준 친구라고 했어요. 방학 때면 일주일이고 보름이고 자기가 사는 곳에 와 일을 도와줬대요. 고등학생 시절엔 양식장에서 고기를 훔쳐다 실내 낚시터에 파는 일을 했고, 성인이 된 다음에는 위험물을 취급하는 창고나 냉동고 같은 데서 함께 일했다고요. 돈을 벌 수 있는 일이라면 둘이서 뭐든지 했다고 자랑처럼 떠들어댔죠.

—많을수록 좋잖아요, 돈은.

남자가 말했지만 나는 딱히 공감하지 못했어요. 돈을 많이 벌고 싶다는 의지로 가득한 삶이라니. 그건 참…… 건강하죠. 내게 돈 같은 건 아무래도 좋았어요. 나는 내내 녹아 있었고, 가까스로 상태가 좋아지면 바닥에 쏟아진 몸을 추슬러 소파 위에 앉히는 게 할 수 있는 일의 전부였어요. 너 그렇게 우두커니 앉아서 뭘 하니. 지친 얼굴의 언니가 내게 간혹 묻곤 했어요. 뭘 하는지 정말 궁금한 게 아니라 나를 비난하기 위해서요. 뭐라도 하고 싶었지만 쉽지 않았어요. 나를 이 세상에서 소거하는 일에서조차 나는 무기력했으니까요.

—내가 돈을 줄까요. 나는 돈이 많아요.

내 말에 남자가 웃더군요.

—그 친구는 한 번도 내게 그런 말을 한 적이 없어요.

무례하게 돈봉투를 내미는 일 같은 건 안 했다고, 남자의 삶에 간섭하는 말 한마디 보탠 적 없다고 했어요. 대신 공장 숙소로 불쑥불쑥 물건을 보냈대요. 오 리털 이불이나 빨래 건조대, 전기밥솥 같은 거요. 햇반한 박스나 홈쇼핑에서 파는 간장게장 같은 게 오기도 했다고, 그런 친구가 자기에게는 있다고. 남자는 몇 번이나 말했어요.

—좋은 친구네요.

—그래서 난 그 친구가 늘 두려웠어요.

—뭐가 두려워요?

—나도 좋은 사람이어야 하니까요. 나도 그 친구처럼 긍정적이고 자신감 있고 성실한 사람으로 살아가야 하니까요. 실망시키고 싶지 않았어요. 내가 얼마나 나약하고 충동적인 인간인지, 그 친구한테만큼은 절대로 들키고 싶지 않았어요.

—그런 건 친구가 아니지 않나요.

남자는 대답하지 않았어요. 물티슈를 꺼내 손을 닦고는 손톱 아래쪽에 코를 대고 냄새를 맡았죠. 미간을 찌푸린 채 손등과 손목, 팔꿈치로 코를 옮겨가며 작게 킁킁댔어요.

—사실 나는 도망치고 싶었어요. 뭐든 다 내던지고 멀리 도망가 혼자 살고 싶었죠. 발굴 작업을 하다가 뼛조각이 얼굴에 튀거나 온몸을 내내 소독해도 닭비린내가 빠지지 않을 때면 이게 사는 건가, 나는 왜 이

러고 살아야 하나 혼란스러웠어요. 부유한 삶을 원했던 게 아니에요. 그 친구랑 같이 악독한 점주 밑에서 아르바이트를 하고, 그렇게 모은 돈으로 대학 등록금을 내고, 외국어나 운전면허 학원에 다닐 수 있다면 얼마나 좋을까. 내게 따뜻한 말 한마디 건네줄 수 없는, 이미 절반쯤 죽어버린 사람에게 쏟아붓기 위해서가 아니라, 예정된 죽음을 다만 유예하는 데 그칠 뿐인 일에 돈을 쓰는 게 아니라, 한 번쯤은 나를 위해서 돈이든 시간이든 전부 다 쓸 수 있다면.

　─미안한데 무슨 소린지 모르겠어요.

　─나도 그래요.

남자가 자신의 코를 꽉 눌러 막고는 말했어요.

　─나도 도무지 뭐가 뭔지 모르겠어요.

　남자는 지금쯤 알게 되었을까요. 그게 뭐든 말이에요. 그날 우리는 죽기 위해 만난 게 아니었는데, 어쩌다 보니 한자리에서 이야기를 나누었을 뿐인데 나는 그가 무사히 죽기를 바랐어요. 아주 오랫동안 그를 떠올렸어요.

……김동주 씨 얘기를 해야겠죠. 그래요. 그 남자와 어쩐지 닮아 있던 김동주 씨 얘기를.

경찰조사를 받을 때 제 입장은 미묘했어요. 처음에 경찰은 저를 공범으로 보고 수사를 시작했거든요. 제가 어떻게 알았겠어요, 김동주 씨가 어린아이를 유괴해 돈을 갈취한 뒤 도주 중이었다는 사실을 말예요.

김동주 씨를 만났을 때 이상하거나 수상한 점은 없었냐고 경찰이 물었어요. 없을 리가 있겠어요? 같이 죽으려고 만난 사람이 이상하지 않으면 그게 더 무섭죠. 아이는 무사히 부모 품으로 돌아갔다고 하더군요. 아이가 무사하고 유괴범은 죽었고 그럼 다 끝난 것 아닌가 싶었는데 경찰 입장은 달랐죠. 그건 몹시 이례적인 일이라고 했어요.

—아이를 기껏 유괴까지 해서는 왜 그대로 돌려보냈는지, 왜 아무것도 하질 않았는지 도통 이해가 안 간다 이겁니다.

경찰이 분개한 어조로 물었어요.

—그놈이 요구한 돈이 얼마인 줄 압니까?

—얼만데요? 엄청나게 많은 돈인가요?

—아뇨, 아주 형편없는 금액이에요. 이만 원, 고

작 이만 원 때문에 아이를 유괴한다는 게 말이 됩니까?

그래서였구나. 나는 생각했어요. 그래서 김동주 씨가 내게 이만 원밖에 없다고 했구나. 적어도 내게 있어 그는 굉장히 정직한 사람이었던 거예요.

강원도로 가는 동안 김동주 씨는 말이 없었어요. 날이 저물어 사방은 벌써 새까맣게 지워져 있었고, 중간에 휴게소가 나왔지만 우리는 차를 세우지 않았어요. 저녁도 먹지 않은 채 계속 고속도로를 달렸죠. 내비게이션으로 펜션 주소 하나를 찍은 뒤론 어딘가 망연해졌어요. 김동주 씨는 지쳐 보였고, 그건 나도 마찬가지였죠. 나는 다시금 젤리가 되어가고 있었어요. 온몸이 녹아 손가락 하나 들어 올릴 힘도 없는데 억눌린 목소리가 비집고 나와 김동주 씨에게 물었어요. 하나같이 진부한 질문들이었죠.

―왜 죽고 싶어요?

내가 물었어요.

―당신은요?

김동주 씨가 되물었죠.

―더 이상 살아갈 힘이 없어서요.

―나도 그렇습니다.

―나는 불행하고 쓸모없는 젤리 인간에 불과해요. 당신도 그런가요? 당신의 지난 삶도 구차하고 쓸모없어요?

―나는…….

김동주 씨가 곰곰이 생각에 잠겼어요. 교통표지판에 쓰인 속도를 준수하고 있는데도 낡은 차는 심하게 덜컹거렸죠. 도로 위로 얼룩 같은 게 나타났다 순식간에 사라지길 반복했어요. 스키드마크거나 납작해진 고라니거나 했을 거예요. 얼룩을 서른 개쯤 지났으려나. 김동주 씨가 불쑥 그러더군요.

―나는 내가 부끄러워서 죽습니다.

답이 되었나요?

이후는 당신이 뉴스에서 본 것과 동일해요. 우리는 늦은 밤 펜션에 도착했고, 강원도 산골답게 근처에 문을 연 가게는커녕 불빛 한 점 없었어요. 다행히, 김동주 씨와 내가 만난 이래 처음으로 다행히 펜션 뒷마당에 야외 바비큐용 물품들이 쌓여 있었죠. 우리는 거기서 번개탄과 숯, 연탄을 훔쳤어요. 개밥이 담겨 있던 넓적한 양은 대야도 훔쳤죠. 수면유도제는 내가, 라이

터는 김동주 씨가 갖고 있었어요. 연탄에 불을 붙이고 나란히 누운 데까진 예정대로였어요. 가물가물 잠이 들려는데 김동주 씨가 벌떡 일어나더군요. 젤리가 된 몸에 수면제까지 쏟아부었으니 그를 말릴 힘이 없었어요. 김동주 씨는 연기로 자욱한 방을 가로질러 걸어가 창문을 활짝 열었어요. 찬 바람이 쏟아져 들어오면서 연탄이 더 활활 타올랐죠. 팔을 허우적대다 연탄에 손가락을 덴 건 그때였어요. 비명을 질렀을까요. 비명까진 아니더라도 뭔가 기괴한 소리 정도는 냈을 거예요. 그러니 김동주 씨가 나를 돌아봤겠죠.

김동주 씨는 내게 뭐라고 말했어요. 아주 진지하게, 여러 번 반복해서 말했죠. 나는 다만 그의 움직이는 입 모양을 바라보고 있었어요. 완전히 녹아버린 내겐 그의 목소리가 들리지 않았거든요. 연탄 아래 깔았던 번개탄에 그제야 불이 붙었는지 폭죽처럼 연기가 쏟아져 나왔어요. 김동주 씨는 양은 대야를 들고 나갔어요. 뜨거웠을 텐데 그런 기색조차 없었죠. 솟구치는 연기 때문에 김동주 씨의 머리가 불타고 있는 것처럼 보였어요. 나는 그가 그대로 떠났다고 생각했어요.

다음 날 일찍 펜션 주인이 나를 깨우더군요. 젊은 아가씨가 이렇게 문을 활짝 열어놓고 자면 위험하다고요. 몇 시간 지난 뒤엔 경찰이 찾아왔죠. 펜션에서 삼 킬로미터 떨어진 도로 귀퉁이에서 김동주 씨가 발견되었다면서요. 낡고 작은 차, 양은 대야 속 연탄, 자살 사건과 유괴 사건. 그런 단어들이 주위를 맴도는 동안 내가 궁금해했던 건 단 하나였어요. 그가 마지막으로 내게 한 말은 대체 뭐였을까.

결국 만두전골은 먹지 못했네요. 오래 끓여서 만두피가 바닥에 눌어붙은, 타기 직전의 뜨거운 만두전골을, 김동주 씨는 끝내 먹지 못했어요.

6

죽을 것 같다, 고 순호는 말했습니다. 저는 그게 일종의 말버릇 비슷한 거라 생각했어요. 왜 있잖습니까, 배고파 죽겠다 힘들어 죽겠다, 그런 식의 말버릇 말입니다. 죽을 것 같다고 말하는 순호의 반응을 저는 당연하게 받아들였습니다. 그래그래, 나도 죽을 것 같다,

인마. 그렇게 말하자 순호가 큰 소리로 웃음을 터뜨렸습니다. 죽을 것같이 힘들다가, 내가 벌써 죽어버린 건 아닌가 의심되다가, 사실은 내가 죽었구나 하는 확신이 들면 제대할 때가 된 거라고. 꼴에 유경험자라고 저는 잔뜩 잘난 척을 하며 휴가 나온 녀석을 그렇게 위로했습니다.

순호의 장례식은 간소하게 치러졌습니다. 동주와 제가 상주이자 친구이자 조문객이었어요. 군에서는 일을 최대한 빨리 마무리 지으려 했는데, 그에 반박할 여지도 없었습니다. 순호는 휴가를 나와 복귀하지 않은 채 산속에서 자살했습니다. 입대 초기부터 관심병사로 분류되어 있던 탓에 그의 상담 기록에는 입대 후 행적이 낱낱이 기록되어 있었어요. 개인의 문제, 라고 군은 못을 박았습니다.

동주는 장례식 내내 얼이 빠져 있었어요. 묻는 말에 대답도 하고 밥도 먹고 움직이기도 하는데 영혼이나 마음 같은 걸 누가 한 손으로 잡아 쑥 뽑아버린 것 같았습니다. 푸석푸석한 가죽 주머니 같은 게 동주 대신 벽에 기대어 있는 느낌이었어요. 동주는 좁은 빈소에서 순호의 영정 사진만 주구장창 바라봤습니다. 한 번도 울지 않았어요.

　순호의 죽음 자체도 충격이었지만, 저는 솔직히 동주가 더 걱정스러웠습니다. 동주는 순호에게 정성을 다했으니까요. 죽을 것 같다는 순호의 말을 저처럼 웃어넘기지 않고, 순호의 삶을 마음대로 평가하지도 동정하지도 않고, 할 수 있는 한 그를 지지하기 위해 노력해왔다는 걸 누가 뭐래도 저는 알고 있었습니다. 그즈음 동주의 형편도 순호와 크게 다르지 않았습니다. 가까스로 취업한 회사가 도산하면서 얼토당토않은 빚을 지게 되었거든요. 사원들이 개인 대출을 받아 투자하는 방식으로 연명해온 중소기업이 부도를 내면서 전 사원이 빚쟁이가 됐죠. 동주는 신입 사원이라 큰 빚을 지진 않았습니다만, 그것만으로도 충분한 타격이었습니다. 일용직 일을 해 빚을 갚는 와중에도 동주는 각종 연고와 크레인 기사 자격증 문제집을 사서 군에 있는 순호에게 보냈습니다.

　순호를 화장한 뒤에는 납골당에 맡길 돈이 없어 숲속 적당한 곳에 묻었습니다. 죄책감은 들지 않았습니다. 우리가 할 수 있는 최선이었으니까요. 동주는 산책로에서 뚝 떨어진 수풀 속에 순호를 묻고, 그 옆에 한참을 주저앉아 있었습니다. 그러고는 불쑥 말하더군요. 순호와 마지막으로 만난 사람이 자기라고. 이미 알고 있던 사실인데 말을 꺼내는 뉘앙스가 이상했습니다. 그래서 물었죠. 순호와 무슨 얘기를 했느냐고요.

— 네가 옳았어.

동주가 말했습니다.

— 순호가 그러더라. 이전에는 한 번도 얘기한 적 없었는데, 그런 기색조차 내비친 적 없었는데, 하필 그날 그러더라. 어머니가 죽기를 매일매일 기도하던 때가 있었다고.

저는 대답하지 않았습니다. 책상 위 물건들을 모조리 내던지던 동주가 떠올랐으니까요. 그날 이후 우리는 그분 얘기를 입에 올린 적이 없었습니다.

— 병실에 들어가면 상한 장조림 냄새가 그렇게 나더래. 침대 가림막을 걷기 직전까지 심장이 터질 것처럼 두근거렸다는 거야. 지금인가? 오늘? 드디어? 그러고 커튼을 걷으면 거기 어머니가 끔벅끔벅, 또 눈을 끔벅이더라는 거야. 그게 너무 지겨워서, 저절로 그 말

이 나오더란다. 이제 가세요. 이제 그만 가세요, 어머니.

─…….

─병실에 앉아 있자면 그 말밖에 나오질 않더라는 거야. 어머니 귀에 상냥하게 입을 붙이고 어머니, 제가 너무 힘들어요, 어머니보다 제가 먼저 죽을 것 같아요, 그러니 제발 그만해주시면 안 될까요, 그렇게 애원하는 자기가 있더라고. 그토록 친근한 저주가 어디 있겠냐고 묻더라. 처음엔 분명 애정이었는데, 어머니를 끝까지 모실 자신이 있었는데 어느 순간 그렇게 됐다고. 내가 너무 괴물 같아. 순호는 그렇게 말했어. 괴물 같아. 내가 너무 끔찍해.

동주가 주먹으로 바닥을 툭툭 내질렀습니다. 거친 흙과 돌멩이들 때문에 손가락 마디가 금세 상처투성이가 됐습니다. 그래서 내가 뭐라고 한 줄 알아? 동주가 다시 물었습니다.

─괜찮다고 했어. 사람은 누구나 그럴 때가 있다고, 너무 지치고 힘들면 자기도 모르게 아무 말이나 쏟아낼 때가 있다고. 어머니는 다 이해하실 테니 잊어버리고 힘내라고 말했다. 힘내, 순호야. 난 너를 믿어. 네가 얼마나 성실하고 좋은 놈인지 내가 다 알아.

동주가 바닥을 점점 더 세게 내리치는데도 저는 그를 말릴 수가 없었습니다. 괜찮아 괜찮아, 넌 좋은 놈이야, 동주가 소리치듯 말했습니다. 손마디는 이미 피투성이로 변해 있었어요.

―순호가 웃더라. 숨도 쉬지 않고 웃더라. 한참을 웃더니 그러는 거야. 네가 그렇게 말할 때마다 나는 죽고 싶어져. 농담인 줄 알았어. 왜냐면, 그 말을 하자마자 그랬거든. 동주야, 나 이만 원만 빌려주라.

―이만 원?

―응. 이만 원만 빌려달라고. 저녁으로 뜨거운 만두전골을 먹고 싶은데 돈이 없다고. 오래 끓여서 만두피가 바닥에 눌어붙은, 타기 직전의 뜨거운 만두전골을 먹고 복귀하고 싶다고. 이만 원을 줬더니 고맙다고 했어. 부대 앞까지 같이 가자니까 그건 싫다고 했지. 그게 끝이었다. 순호는 만두전골을 먹지도 않았고, 복귀하지도 않았어. 그 자식이 한 말 중에 진심은, 죽고 싶다는 말뿐이었던 거야.

동주가 자리에서 일어났습니다. 제 대답 같은 건 중요하지 않았겠지만 저는 무슨 말이라도 하고 싶었어요. 그런데 도무지, 입이 떨어지질 않는 겁니다. 동주가 산 아래로 저벅저벅 걸어가는데, 엉망이 된 손에서 피가 뚝뚝 떨어지는데, 저는 아무것도 할 수가 없는 겁니다. 제가 무슨 말을 해야 했을까요. 제가 무슨 말을 했어야, 어떻게 했어야 동주가 유괴범이 되고 자살자가 되는 걸 막을 수 있었을까요.

저는 모르겠습니다. 동주가 어떤 사람이었는지, 순호가 왜 죽어야만 했는지, 저는 왜 여기 혼자 남겨져서 이토록 많은 죽음들을 견뎌내야만 하는 건지. 이제는 정말 모르겠습니다.

7

(김동주 차량 블랙박스 음성 기록)
저기 있어요. 우리 엄마예요.
…….
우주정거장에서 엄마를 발견하다니 굉장해요.
꼬마야.
우주비행사.

그래. 우주비행사야.

왜요, 전기밥솥 아저씨.

미안하다.

(침묵)

……우리 아이가, 아아, 정말……. 여기요, 여기 있습니다, 더, 더 드릴게요, 우리 아이가 무사하니 얼마라도 더……. 제가 금액을 잘못 듣고, 잘못 들은 게 분명해서 우선 이만큼을…….

이만 원…… 이만 원만, 빌려주십시오.

아아…… 살아 있어, 우리 아이가 살아……. 감사합니다, 이 은혜 평생 잊지 않고 살겠습니다, 감사합니다…….

엄마?

감사합니다, 살려주셔서 감사합니다.

미안합니다. 미안합니다. 미안…… 합니다.

아저씨 또 고장 났다. 엄마? 엄마도 고장 났어요?

미안합니다.

(침묵)

(침묵)

(침묵)

(알 수 없음)

관(棺)을 정하는 일은 이상하다. 아무도 본 적 없는 관을 그 관과 아무 상관없는 사람들이 골똘히 고민하면서 고른다. 오동나무 관을 제일 많이 선택하세요, 이게 아무래도. 장례업체 직원이 잠시 말을 고르는 척하다 덧붙인다. 불에 잘 타거든요. 아빠는 관 아래 쓰인 가격을, 엄마는 관 사진을 오래 들여다본다. 수의와 유골함을 정하는 과정도 비슷하다. 직원은 태블릿 화면을 넘기며 대체로, 보편적으로, 제일 선호하시는, 같은 말들을 주워섬긴다. 직원의 말대로라면 이서는 잘 썩는 삼베 수의를 입고 불에 잘 타는 오동나무 관에 담길 것이다.

엄마 아빠의 망설임이 길어지자 어느 순간부터 직원은 더 이상 보편을 언급하지 않는다. 이게 제일 저렴하고, 이 제품이 가성비가 좋고, 아무래도 부담이 적은 쪽은, 이라고 말하는 그의 말투가 아까보다 한결 부드럽다. 괜찮아요. 직원은 추임새를 넣듯 자꾸 괜찮다고 말한다.

이것도 괜찮아요. 이 정도면 훌륭하죠.

가성비 좋은 장례식이 진행되는 동안 나는 상복을 입고 우두커니 서 있다. 조문객은 거의 없다. 오래된 건물 지하 일 층은 장례식장이라기보다 고시원처럼 보인다. 벽을 따라 늘어선 작은 빈소가 여섯 개, 중앙에 공동으로 쓸 수 있는 화장실과 탈의실이 있다. 조문객에게 식사를 대접하고 싶으면 일 층 식당으로 올라가 장부에 빈소 번호와 인원수를 적어두면 된다고 직원이 설명한다. 중간에 한 번, 장례가 끝난 뒤 한 번 더 정산하시면 돼요. 대신 메뉴를 선택할 순 없어요.

식당에 가는 사람은 아빠뿐이다. 아빠는 조문

온 공장 사람들과 함께 식당으로 올라간다. 어? 나 지난 달에도 여기 왔었는데. 불쾌한 얼굴의 젊은 남자가 반 말을 하자 아빠를 포함한 늙은 남자들이 모른 척 고개 를 돌린다. 좁은 계단을 따라 올라가며 젊은 남자가 거 듭 묻는다.

　—권 주임님, 돈 없어요? 왜 이런 데서 딸 장례 를 치러요?

　엄마는 성당에 갔다. 갈 곳도 맞이할 사람도 없 는 나는 되도록 의젓하게 서서 벽을 보고 있다. 누군가 이 장례식장을 소개해주며 내게 말했다. 아주 작은 곳 이라고. 너무 작아서 누가 죽었는지, 어떻게 죽었는지 아무도 궁금해하지 않는 곳이라고. 자살자나 무연고자 의 장례를 주로 치르는 곳이라는 건 계약한 뒤에야 알 게 되었다.

　이서는 원체 약한 사람이었다. 어릴 땐 쉽게 코 피가 터지고 환절기마다 꼬박꼬박 감기에 걸렸다. 어른 이 되어서도 코와 뺨과 두피가 늘 새빨갰고, 비리고 짠 것을 먹으면 등과 목덜미에 두드러기가 돋았다. 코로나 바이러스가 한참 유행할 때 세 번쯤 호되게 앓았는데 한번은 격리병동에 한 달 가까이 입원해 있어야 할 만큼 심각했다. 남들 다 코로나를 잊고 살 때에도 혼자 잊지 않고 끄집어내 약을 먹고 다녔다. 아프다, 죽겠다, 괴롭다는 말을 입에 달고 살았으니 몸이든 마음이든 건강한 상태가 아니었던 것만은 확실하다. 그러니 이서가 죽은 건 전혀 놀라운 일이 아니다. 이서는 언제고 아주 하찮은 이유로 죽었을 것이다.

공장에 일찌감치 가족상을 알린 아빠와 달리 나는 어디에서도 이서의 죽음을 입에 올리지 않는다. 장례식장에서 밤을 샌 뒤 집으로 돌아가 온몸을 박박 씻는다. 머리칼에 진득하게 들러붙은 향냄새 때문에 샴푸를 세 번씩 칠한다. 그럼에도 손끝과 코끝에 매캐하고 텁텁한 냄새를 매단 채 출근한다.

—오영 씨, 명상, 뭐 그런 거 해?

엘리베이터에서 마주친 3번이 코를 킁킁대며 묻는다.

—이거 나 아는 냄샌데. 명상할 때 피우는 나그참파인가 그거 맞지?

나는 애매하게 웃는다. 향냄새가 가득 찬 곳에

서 아무것도 하지 않고 벽만 바라보는 일이 3번이 말하는 명상과 크게 다르지 않은 것도 같다.

이서의 절친이라는 해주가 장례식장에 온 건 발인 전날 늦은 저녁이다. 작년에 잠깐 이서네 집에 신세를 졌어요. 이서가 저를, 많이 도와줬어요. 해주가 엄마 손을 꼭 붙들고 말한다. 이서가 살던 곳은 접이식 매트리스를 펴면 바닥이 꽉 찰 정도로 작은 원룸이라 한 사람 지내기에도 비좁았다. 밥을 먹으려면 잠을, 잠을 자려면 잠을 제외한 모든 것을 포기해야 하는 구조였다. 그런 곳에서 함께 살았다면 아무려나 절친이 맞을 것이다. 나는 그곳에서 이서와 꼭 열흘간 함께 지내봤다. 출근 시간이 달라 씻으러 갈 때마다 서로의 잠든 머리통을 걷어차지 않기 위해 노력해야 했다. 그럼에도 반드시 무언가를 밟았다. 해주는 이서의 방만큼이나 비좁은 빈소를 둘러보다 내게 다가왔다.

—그 사람은요?

벽과 모서리, 입구 옆 작은 책상 위에 놓인 방명록에 시선을 두며 해주가 묻는다. 해주의 손끝에서 방명록이 서너 장 넘어가다 멈춘다. 찾는 것이 없었는지

해주가 다시 묻는다.

―그 사람은 안 왔어요?

보지 않아도 알 수 있다. 나는 몹시 멍청한 얼굴을 하고 있을 것이다. 해주가 내 손을 잡아끌고 밖으로 나간다. 그런 해주가 부담스럽다. 짧은 단발머리 아래로 드러난 목덜미가 우둘투둘 붉어서, 나를 붙잡은 손아귀 힘이 형편없이 약해서 싫다. 해주도 이서처럼 어딘가에 폭 고꾸라져 아프다, 괴롭다, 이제 그만 죽고 싶다 떼를 쓰다 문득 죽어버릴 것만 같다.

약한 것들, 가여운 것들, 불쌍한 것들, 그런 것들의 미래는 다만 잘 썩고 잘 타는 것. 향이 코끝에서 타고 있는 것처럼 눈이 맵다.

―언니.

해주가 대뜸 나를 부른다. 그건 너무 친밀하고 애틋한 호칭이라 해주 쪽을 돌아보고 싶지 않다. 돌아보면 그게 무엇이든 돌이킬 수 없을 것만 같다. 정작 이서는 나를 그런 식으로 부른 적이 없다. 우리는 각자 바쁘고 매일 서러워서 어쩌다 마주치면 말을 걸고 그렇지 않으면 사흘이 넘도록 눈인사 한 번 나누지 않았다. 사이가 나쁘다거나 서로 미워해서가 아니라, 그냥 그랬다. 누군가와 돈독해지려면 여유가 있어야 하는데 이서와 내겐 그게 없었다.

　—한번은 이서가 발이 흠뻑 젖은 채 집에 돌아온 일이 있었어요.

　대답하지 않았는데, 돌아보지 않았는데 해주가 말을 한다. 기어코 시작하고야 만다. 비가 조금도 내리지 않은 금요일 저녁이었다고, 시월이지만 낮에는 덥고 밤에는 추워 반소매와 긴소매를 복잡하게 섞어 입어야 했다고 해주는 설명한다. 그런 날에 이서가 물이 뚝뚝 듣는 맨발로 집에 돌아왔다고.

　—욕실로 들어가서 한참을 안 나오더라고요. 무슨 일인지 물어도 답도 없고. 한밤이 되어서야 슬그머니 나와서 내 앞에 앉는데 발가락이 터질 것처럼 부어 있는 거예요. 이서가 살던 데가 그렇잖아요, 조그만 방 하나가 전부라 옴짝달싹 못 하고, 싸움을 해도 서로에게서 벗어나기 영 어렵고. 그러니 어쩌겠어요. 이서랑 마주 앉아 둘이 발가락만 들여다보고 있었죠. 이서가 말했어요. 부서 사람들과 회식하러 갔다가 신발을

잃어버렸다고.

너만?

아니, 전부 다.

전부 다? 그럼 다른 직원들도 전부 맨발로 집에 갔어?

막내가 편의점으로 뛰어가서 슬리퍼를 사 왔어.

편의점 알바생한테 부탁해 창고에 있는 것까지 싹싹 긁어다 비닐봉지 가득 담아 돌아왔다고 하더라고요. 다들 그걸 신고 집에 갔대요. 그런데, 하고 이서가 말했어요.

거기 내 슬리퍼가 없었어.

네 것만?

내 것만.

순식간에 마음이 거칠어졌어요. 괴롭힘당하고 있구나. 투명 인간 취급당하고 있구나. 당연히 그런 생각을 하잖아요? 그깟 슬리퍼 얼마나 한다고, 따돌림이 아니라면 이서만 맨발로 둘 이유가 대체 뭐겠어요?

　—이서가 유난히 자주 입에 올렸던 이름을 나는 기억하고 있어요. 한밤에도 주말에도 시도 때도 없

이 전화를 걸어 나쁜 소리를 하던 사람이 누군지 나는 알아요. 그 이름을, 언니도 알아요?

나는 빈소에서 그랬던 것처럼 가만히 서 있다.

—찢어진 데는 없냐고 내가 물었어요. 발바닥을 살펴보려는데 이서가 말리는 거예요. 자기가 다 봤다고, 화장실에서 오래오래 비누칠을 하고 따뜻한 물로 오래오래 닦아내면서 잘 살폈다고요. 발가락 사이를 크게 벌려 손가락을 끼워보고 뒤꿈치를 긁어보고 문질러보고 눌러보고 꼬집어도 봤는데 아무렇지 않았다고요. 아직, 이라고 이서는 답했어요. 아직 괜찮아, 아직 안 찢어졌어. 그러고는 슥 일어났어요. 전화가 왔거든요, 그 사람한테서.

해주는 자신이 지방으로 일자리를 구해 나가면서 이서와 연락이 뜸해졌다고 말한다. 그러고는 엄마에게 그랬던 것처럼 내 손을 꼭 붙잡고 속삭인다.

—그 사람이 이서를 기어코 찢어놓은 거예요. 틀림없어요.

그 이름을, 언니도 알아요?
해주가 다시금 묻는다.

진실에 가닿기 위해서는 많은 것이 필요하다. 노력과 결심이, 각오가, 시간이, 무엇보다 돈이 필요하다. 매일 매 순간 필사적으로 노력한다 해서 원하는 답이 나오리란 보장도 없다. 내버려두는 건 간단하다. 별다른 각오 없이 지금처럼만 있으면 된다. 눈을 감고 아무것도 궁금해하지 않으면 된다. 손쉬운 선택 끝에는 무지와 악이 있으나 대체로 평화롭다. 그러니 어쩌겠는가. 가성비 좋은 악을 택할 수밖에. 돈도 시간도 각오도 없는 내가 나쁜 년이 될 수밖에.

엄마가 좁은 계단을 따라 식당으로 올라간다. 4번 빈소에 한 명이요, 말하고는 간이 센 육개장과 마른밥을 먹을 것이다. 빠르게 그릇을 비우고 느리게 숨을 쉬다 그날처럼 이서에게 전화를 걸어볼지도 모른다. 애가 전화를 안 받는다. 엄마가 겁에 질린 목소리로 내게 전화했을 때, 나는 뭐라고 했었나. 호들갑 떨지 마. 전화 좀 안 받는다고 누가 죽어? 사람 죽는 게 그렇게 쉬운 일인 줄 알아?

　—도대체 뭐였다니?

　엄마가 묻는다.

—무슨 일이 있었다는 거야?

아빠가 묻는다.

—있긴 뭐가 있어.

내가 답한다. 해주를 배웅하고 왔을 뿐이라고, 해주가 이서와 아주 많이 친했던 모양이라고만 말한다. 아무것도 아냐. 아무 일 없어. 내 말에 엄마 아빠가 고개를 끄덕인다. 아빠가 혼자 식당으로 올라간다. 우리는 장례를 치르는 동안 한 상에 모여 음식을 먹지 않는다. 음식도 수저도 대화도 슬픔도 아무것도 나누지 않는다. 저 좁고 가파른 계단을 꼭 한 명씩만 오른다.

눈이 덜 맵다 싶더니 향이 전부 꺼져 있다. 향 연기가 고인의 영혼을 하늘로 인도한다던 장례업체 직원의 목소리가 떠오른다. 사흘간 되도록 향이 꺼지지 않도록 주의하라고, 하지만 향이 꺼진다고 해서 큰일이 벌어지는 건 아니라고 그는 말했다. 영혼은 다 제 갈 길이 어디인지 알아요.

살아서 모르던 것을 영혼이 된다고 해서 단박에 알아챌 수 있을까. 연기가 끊겼으니 이서는 이곳도 저곳도 아닌 어딘가를 서성이고 있겠지. 맨발이겠지. 영혼은 보통 맨발이니까 맨발이 되는 게 그렇게 위험하고 이상한 일은 아닐 거라고 나는 생각한다. 애써 해주의 말을 머릿속에서 지운다.

*

나는 밥도 잘 먹고 잠도 잘 잔다. 매일 같은 시간에 일어나 냉동실에서 약밥을 하나 꺼내 전자레인지에 돌려 먹고 이를 닦는다. 마을버스를 타고 출근해 점심은 먹지 않고 갈증에 시달리며 일을 하다 집으로 돌아와 이것저것 욕심껏 먹은 뒤 집 앞을 산책한다. 소화불량과 변비를 달고 살지만 기본적으로는 잘 먹고 잘 잔다. 최근에는 식물성 멜라토닌을 선물받아 뒤척임도 없이 잔다. 내 삶은 이전과 다를 바 없다. 이서가 죽었다는 사실은 거의 떠올리지 않는다. 살아 있을 때도 자주 떠올리고 안부를 묻거나 서로 그리워하던 사이는 아니었다. 가끔 당연한 생각들, 그러니까 지금쯤 이서는 점심을 먹었겠구나, 월세를 냈겠구나, 애 머리가 길었던가 짧았던가, 겨울옷은 꺼냈나, 같은 것들을 떠올릴 때가 있었다. 지금은 아무것도 생각하지 않는다.

최근에 구한 일은 아파트 커뮤니티센터 지하에 있는 안내 데스크 단기 알바다. 이 개월 초단기 계약직으로 성과와 인사 결과에 따라 이 년까지 연장 계약이 가능하다는 조건이지만 그런 말에 속을 나이는 지났다. 나는 벌써 서른한 살이고 많은 곳을 떠돌며 쉬지 않고 일해왔다. 가능의 미래가 모두에게 오는 게 아니라는 걸 누구보다 잘 안다.

안내 데스크에서 내가 하는 일은 많지 않다. 사우나와 헬스클럽, 수영장과 강습실에서 일어나는 사소한 민원 해결과 잡다한 사무 처리가 전부다. 사물함 키를 내주고 돌려받는 일이 대부분이지만 회원 파일을 정리하거나 민원에 따른 경고문을 출력해 붙이는 일을 하기도 한다. 미끄럼 주의, 여기서 물을 털지 마세요, 개인 물품 적치 시 불시에 수거될 수 있습니다, 사우나 오일 사용 금지. 경고 문구는 대부분 컴퓨터에 저장되어 있는 것을 글자 크기만 조금씩 바꿔 출력한다. 입주민 누구도 지키지 않는 금지 조항 때문에 내게 할 일이 생긴다. 단순 업무인 만큼 월급도 적다. 구인 사이트에 이력서를 등록해두고 매일 일자리를 찾아보지만 내가 하고 있는 일과 앞으로 하게 될 일은 크게 다르지 않다.

고작 이 정도의 삶을 지키기 위해, 라는 생각은 하지 않는다. 이 정도를 위해 나는 많은 것을 지워왔다. 매트리스를 펴려면 식탁은 포기해야 하는 이서의 방처럼 눈앞의 단 하나만을 선택해왔다. 다른 걸 포기했다는 소리가 아니다. 그건 애초에 가질 수 없는 것이었으니 선택할 수 있었던 것처럼 말해선 안 된다. 하나를 가까스로 손에 쥐면 그것을 제외한 모든 것이 지워진다. 내 삶은 늘 그래왔다.

[동강 씨 출근했어요?]

단톡방 알람에 나는 잠시 기다린다. 강습실에서 요가와 필라테스, 다이어트 댄스를 가르치는 사람들과 헬스트레이너가 모여 있는 톡방은 의외로 수다스럽다.

[동강 씨가 누구예요?]

나만 모르는 건 아닌지 누군가 묻는다.

[인포 오후 타임 새로 뽑았잖아요. 출근하면 함 봐요 진짜 웃겨]

[똥강똥강]

[똥강아지 같아서?]

[뭐래ㅋㅋ]

그들이 말하는 동강 씨는 커다란 검은색 백팩을 메고 나타났다. 오전 6시부터 오후 3시까지가 나의 시간, 오후 3시부터 오후 9시까지가 동강 씨의 시간이다. 동강 씨는 2시 30분쯤 출근해 옷을 갈아입고 내 옆에 선다. 오전에는 여성 이용자가 많고 오후에는 남성 이용자가 많으니 오후는 남직원을 뽑아야겠다는 말을 과장에게 들은 것도 같다. 실제로 민원에 따라 사우나실 안으로 들어가야 하는 경우도, 화장실을 살펴봐야 할 때도 있다.

—일은 오전 직원분에게 배우라던데요.

—누가요?

—과장님이요. 면접 보셨던.

—아.

나는 잠시 멈춘다. 할 일, 할 일이라. 인수인계할 만큼 대단한 일은 없을 텐데. 한 시간 정도 같이 일해줄 테니 보고 배우라고 말한다. 일을 처음 시작할 때 나도 그렇게 했다. 눈치껏 배우고 요령껏 일했다.

—정확히 뭘 해야 하는 건데요?

—이런 일에 정확히가 어딨어요. 적당히 하는 거지. 단기 알바 처음 해봐요?

내 말에 기분이 상했는지 동강 씨가 입을 다문다. 마침 사우나에 온 입주민이 카드를 찍는다. 봐요, 여기서 키를 꺼내면 돼요. 뒤쪽 선반에서 사물함 키를 꺼내 건네자 몇 번째 칸이야? 입주민이 묻는다. 제일 위요. 에이 시팔, 오십견이라 팔도 안 올라가는데. 그럼 중간 칸 드려요? 알아서 주면 되지 꼭 물어보게 만들어, 떨떨한 게. 입주민이 키를 던진다. 주워 들고 키를 바꿔 건네고 선반 아래쪽 검은 스티커가 붙은 곳을 동강 씨에게 알려주며 이게 중간 칸이에요, 기억해둬요, 말한다. 동강 씨가 고개를 끄덕인다. 괜찮냐고 묻지 않는 동강 씨가 조금 마음에 든다.

3시는 애매한 시간대라 사람이 많지 않다. 강습이 드문드문 이어져 단톡방 사람들이 안내 데스크 앞을 오간다. 궁금해하는 기색이 역력하다. 그나저나 '인포'라고 부르는구나. 인포 오전 인포 오후, 그렇게 부르는 건가. 그들은 톡방에서도 현실에서도 서로를 '쌤'이라 부른다. 요가 쌤, 필라 쌤, 피티 쌤. 뭐라고 부르건 그들이나 나나 단기 계약직인 건 다르지 않다. 솔직히 말하자면 나도 그들을 강습실 번호에 따라 1번, 2번, 3번이라 부르고 있다. 유난히 말을 자주 거는 3번이 지나가면서 입을 벙긋댄다. 동. 강. 동. 강.

— 가방에 그건 뭐예요?

내가 묻는다. 동강 씨는 물티슈로 괜히 손가락 사이를 닦고 있다가 어떤 거요, 하고 되묻는다. 동강 씨가 왜 동강 씨인지는 그가 나타나자마자 바로 알았다. 걸을 때마다 그의 뒤에서 뎅강 동강 똥강 소리가 났기 때문이다. 제법 큰 소리였고 보폭에 따라 형태가 조금씩 달라졌지만 소리의 결은 대체로 비슷했다. 나는 동강 씨가 탈의실로 들어갈 때까지 그의 가방에 매달린 풍경을 바라보고 있었다. 황동으로 만들어진, 한 손에 다 잡히지 않을 만큼 큼직한 종과 그 아래 달린 납작한 물고기까지 그야말로 기본에 충실한 풍경이었다.

— 왜 그런 걸 달고 다녀요?

동강 씨가 오히려 이상하다는 표정으로 내게 묻는다.

— 다들 자기가 좋아하는 걸 가방에 달잖아요?

그런 건 보통 안전하고 무해한 것들이잖아요.

부드럽고 포슬포슬한 봉제 인형이거나 실리콘 재질의 키링 같은 거. 요란한 소리를 내지 않고 가방을 긁거나 뜯어놓지 않는 단순한 것들. 누구도 해치지 않고 누가 봐도 마음이 느슨해지는 그런 거 말예요. 나는 애써 말을 삼키고 동강 씨가 말하는 걸 듣는다.

─난 풍경을 좋아하니까 그걸 달았어요.

─하지만 시끄럽잖아요.

동강 씨가 다시금 입을 다문다.

─풍경은 너그러운 소리를 내야 하는 거잖아요? 뎅그러엉 덩그러엉, 하면서 여유롭게 소리를 풀어야 운치 있죠. 가방에 매달면 소리가 자꾸 잘려나가잖아요. 뎅강 동강 똥강, 하고.

─똥강?

─풍경이 가여워요.

동강 씨는 뭐든 하고 싶지만 어떤 것도 하지 못해 불편해 보인다. 다른 일을 하면서 내 말을 못 들은 척하거나 무시하고 싶을 텐데. 우리는 비좁은 안내 데스크에 나란히 서 있고 해야 할 일은 아무것도 없다. 풍경이 가엽다니. 나는 내가 한 말에 환멸 비슷한 것을 느긴다. 어디에 뭐가 매달려 있든 내가 상관할 바 아니다. 동강 씨와 견고틀 이유가 전혀 없는데 마음이 자꾸만 우그러든다. 고집스레 앞만 보고 서 있는 사이 단톡방 알람이 울린다. 1번이다.

[오영 씨 정말 미안한데 강습실 불 좀 켜놔줄 수 있어요?]

1번은 자주 지각하고 2번은 화장실에 오래 앉아 있는다. 그때마다 그들은 단톡방에서 나를 부른다. 강습실 불이나 환풍기를 켜달라거나 요가 매트를 깔아달라거나 음악을 틀어달라는 부탁이 대부분이다. 말끝에는 항상 간절한 표정의 이모티콘이 엎드려 절을 하거나 양손을 싹싹 빌며 그들 대신 애원한다. 단톡방이라 야멸차게 거절하기 어렵고, 수락하는 모습이 나오니 다른 이들도 아무렇지 않게 부탁한다. 어제는 헬스장 운동기구를 잠깐 둘러보고 땀이나 물 떨어진 곳이 있으면 닦아달라는 부탁을 받았다.

1번 강습실 불을 켠 김에 2번 강습실 환풍기를 켜고, 3번 강습실 거울에 진 얼룩을 대충 닦아낸다. 거긴 담당자가 따로 있잖아요? 동강 씨가 묻는다.

—비슷한 처지끼리 돕고 사는 거죠. 단톡방 초

대해드릴게요.

　—누가 누구랑 비슷해요? 그리고 난 카톡 계정 없어요.

　—카톡 안 하는 사람이 어딨어요?

　—난 안 해요. 한다고 해도 일하는 곳 단톡방 같은 덴 절대 안 들어가죠.

　동강 씨가 한쪽 눈을 실쭉 움직이며 덧붙인다.

　—이런 건 적당히 해야죠. 단기 알바 처음 해보세요?

*

　이상하다는 생각은 했다. 이서의 휴대폰을 경찰에게서 돌려받았을 때 말이다. 동생분이 에스엔에스를 전혀 안 하시나 봐요? 경찰은 젊은 사람이 카톡도 안 하는 건 흔치 않은 일이라고 말했다. 이서의 휴대폰에는 카톡도 인스타그램도 X도 없었다. 문자함은 텅 비어 있었지만 연락처 목록이 꽤 길었고, 통화 기록을 열어보니 어떤 이름이 무한 반복되었다. 낮에도 밤에도 주말에도 짧은 통화가 끝없이 이어졌다. 나는 이서의 연락처로 부고를 돌린 뒤 그대로 휴대폰을 꺼버렸다.

내 카톡 친구 목록에는 더 이상 이서가 뜨지 않는다. 이서와 나눴던 대화창에는 파란색 사람 실루엣과 함께 (알 수 없음)이 떠 있다. 계정을 없앤 건지 나를 차단한 건지 모르겠지만 이서와의 마지막 대화는 반년 전 것이다.

[옛날 살던 집 앞에 생과자집 기억나? 지금도 있나?]

[주인 할머니가 안 죽었으면 할걸]

[거기 상투과자 먹고 싶다. 흰 우유랑]

[늙은이 같은 소릴 하네]

[거기 할머니 되게 늙었었지]

[엄청 늙었었지]

[죽었을까?]

[그렇게 늙은 사람들은 잘 안 죽어. 죽는 건 젊은 사람들이 잘 죽지]

[맞다]

[엄청 죽지]

이서는 상투과자를 먹었나. 못 먹었을 것이다. 오래전 기억이니 할머니는 죽고 가게는 망했겠지. 여름에는 문을 열지 않는 과자집이었다. 위생 상태가 썩 좋지 않았는데 진열해둔 과자만큼은 늘 정확한 각도로 오와 열이 맞춰져 있었다. 마음먹은 곳에서 죽을 때까지 일한다는 건 어떤 기분일까. 약간의 돈과 고집이 있다는 이유만으로 할머니에겐 어떻게 그런 일이 가능했을까.

지금껏 거쳐온 일자리 중 단기직은 하나도 없었지만 일 년 이상 재직한 곳도 없다. 회사가 사라지거나 권고사직을 당하거나 정규직 전환이 무산되거나 하는 일의 연속이었다. 그럴 거면 애초부터 단기직을 찾자고 마음먹었다. 일상에 기대와 희망이 끼어들면 어떤 식의 비참함이 깨어나는지 몇 번이고 확인했으니까. 아무 기대도 없으면 살기가 한결 수월해진다. 내일이 오늘보다 손톱만큼은 나을 거라는 희망을 버리면 오늘도 제법 살 만하다. 이서는 아니었나. 이서는 그만, 기대와 희망을 가져버렸나.

이서의 휴대폰을 켠다. 갤러리에는 어째서인지 벽시계를 찍은 사진이 그득하다. 7시 35분을 가리키고 있거나 11시 8분을 가리키고 있거나 시간은 제멋대로

인데 오전 오후, 하루 두 번씩 꼬박꼬박 찍어두었다. 시계 아래쪽에 이서의 얼굴 반쪽이 대체로 눈을 내리깐 채 찍혀 있다. 나는 오랫동안 만나지 못했던 이서를 그런 식으로 본다. 반쪽뿐이라 머리카락이 긴지 짧은지 모르겠다. 눈썹이 가지런한 이서, 눈이 통통 부은 이서, 붉고 우둘투둘한 것이 잔뜩 솟은 이마를 가진 이서, 기름한 콧등을 마스크로 가린 이서가 그곳에 있다. 이서의 코와 입이 보고 싶다. 움직이는 입을 보고 싶다. 흰 우유를 입에 머금고 상투과자를 살살 녹여 먹는 이서의 입을 가까이에서 보고 싶다.

그 이름과의 통화 기록을 연다. 오후 7시 8분 수신 통화 1분 16초, 오전 3시 15분 수신 통화 29초, 오전 4시 9분 수신 통화 3분 36초, 오전 8시 41분 수신 통화 28초, 오전 8시 43분 수신 통화 4분 5초. 그 이름은 적당히를 모른다. 정규직인가. 그렇겠지. 전문직인가. 그럴지도 모른다.

그 이름을, 언니도 알아요?
해주가 묻는다.
나는 그 이름을 안다. 하지만 안다고 해서 달라

지는 것은 없다.

내게 이서는 여전히 (알 수 없음)으로 뜬다.

*

　―언니, 언니 이리 좀 와봐요.

　속옷 차림의 노인이 안내 데스크로 뛰어온다. 대리석 바닥 위로 아무렇게나 뭉친 흙반죽 같은 몸이 기이한 규칙성을 가지고 움직인다. 어딘가가 출렁이고 어딘가가 깊게 주름지는 것을 멍하니 쳐다본다. 노인이 순식간에 데스크 안으로 들어와 나를 잡아당긴다. 어깨를 꽉꽉 누르고 머리카락을 잡아당겨 자신의 입 쪽으로 내 귀를 가져간다. 물릴까 봐 겁에 질려 있는데 축축한 숨이 언니, 하고 속삭인다.

　―저 안에 도둑년이 있어요.

　내 팔을 잡아당기는 손이 억척스럽다. 노인은 이상하리만큼 힘이 세서 기어코 나를 데스크 밖으로 끌어낸다. 반 발짝 앞서 걷는 노인은 맨발이다. 노인은 망설임 없이 사우나로 들어가 탈의실 가장 안쪽, 거울과 헤어드라이어가 설치되어 있는 쪽을 가리킨다.

—저년.

머리를 말리고 있는 벌거벗은 여자의 등을 노인이 허공에서 꾹꾹 찌른다. 저년이 도둑년이야. 내 패물을 고추장 단지에 묻어서 죄다 훔쳐 갔어. 아주 나쁜 년이야, 저거. 거울로 노인을 발견한 여자가 드라이어를 끄더니 이쪽을 향해 손을 까딱 움직인다. 노인이 아이처럼 내 뒤로 숨는다. 저년 냄새나, 도둑년한테서는 메주 냄새가 나. 노인만큼이나 빠르게 다가온 여자가 나를 끌어안다시피 해 뒤에 숨은 노인의 팔죽지를 움켜쥔다. 뜨겁고 축축한 기운이 앞가슴을 뒤덮어 나는 눈을 질끈 감는다.

—치매환자라 이래요.

여자가 의기양양하게 노인의 팔을 틀어쥐고 말한다. 내겐 사과 한마디 없다. 유니폼 앞판이 흠뻑 젖어 거울 앞에 놓인 드라이어를 켠다. 헤어드라이어로 속옷이나 양말을 말리지 마시오. 내가 붙여놓은 금지문 앞에서 옷을 말린다.

[과장한테 들었는데 동강 씨 그 나이 먹도록 일해본

적이 한 번도 없대. 이력서가 완전 텅텅]

[동강 씨가 몇 살이지?]

[서른다섯?]

[근데 집 주소는 조온나 비싼 아파트래]

[도련님이네]

[세상 구경 나온 도련님인가?]

[하 씨발 버스 파업이라 아직 출근 못 함]

[어케?]

[꼬짤한테 강습실 불부터 켜라고 해]

[쌤 여기 단톡방!]

삭제된 메시지입니다

[택시 타요 쌤]

[조온나 야박한 월급 받으면서 택시로 어케 출근함]

[월급?]

삭제된 메시지입니다

[뭐야 필쌤 월급제예요?]

삭제된 메시지입니다

[강좌 수대로만 정산한대서 난 그렇게 계약했는데? 누군 왜 월급이야?]

[씨발 나 시급제인데]

[뭐예요 이거]

삭제된 메시지입니다

삭제된 메시지입니다

[필쌤 고요 출신이지? 고요 출신만 월급제로 계약한 거야?]

삭제된 메시지입니다

처음으로 단톡방이 조용해진다. 마침 엘리베이터에서 동강 씨가 내린다. 서른다섯 살까지 한 번도 일해본 적 없고 조온나 비싼 아파트에 살고 있는 동강 씨가.

—옷이 왜 그래요?

동강 씨가 묻는다. 연한 하늘색 유니폼 곳곳에 찍힌 얼룩덜룩한 자국이 뭔지 묻는 것이다. 나는 벌거 벗은 여자에 대해, 그녀의 몸에 줄줄 흐르고 있던 오일 과 그것의 기묘한 냄새에 대해 말하지 않는다.

—가방이 왜 그래요?

내가 묻는다. 동강 씨가 검은색 백팩을 내 쪽으 로 돌려 보여준다. 가방에 매달려 있던 풍경이 어디로 사라졌는지는 말하지 않는다. 탈의실로 걸어가는 동강 씨도 그의 주변도 몹시 고요하다.

─분위기가 왜 이런지 아는 게 좋아요, 모르는 게 좋아요?

내 질문에 동강 씨가 이마를 찌푸린다. 단톡방을 열어 그에게 건네자 빠르게 스크롤을 내리던 동강 씨가 내게 묻는다. 내 별명이 왜 이래요? 나는 손을 동그랗게 오므려 풍경이 흔들리는 흉내를 낸다.

─말했잖아요, 뎅강 동강 똥강.

─그래서 동강?

─똥강보단 인간적이죠. 나 봐요, 동강 씨한테는 씨라고 존칭이라도 붙여주는데 나는 씨발, 그냥 꼬짤이야.

─꼬짤은 뭔데요?

─몰라요, 나도.

사실은 안다. 단톡방이 조용해진 뒤에 3번은 내게 개인 톡을 걸어왔다. 오영 씨, 너무 기분 나빠 하지 말아요. 나는 그 글자들을 가만히 내려다보았다. 그럼 이것도 적당히, 적당히만 기분 나빠 하면 되는 걸까.

[왜요 또 어디 불 켜드려요?]

[미안해요 오영 씨]

[꼬짤한테 말만 하세요 뭐든 해드릴 테니까. 근데 꼬짤

은 뭐예요. 어감이 졸렬한데]

[그거 전에 과장님이 오영 씨는 자꾸 뒤돌아보는 버릇이 있으니까 그걸 보고 한 말이에요. 쟤는 꼬리 짤린 도마뱀처럼 뭘 자꾸 돌아보냐고 그래서]

[그래서 꼬짤?]

[미안해요]

[생각보단 덜 더럽네요]

그리고 하나 더 안다. 내가 누구에게 졸렬하게 굴고 있는지. 나와 나란히 선 사람, 내게 사과하는 사람에게만 아무렇게나 말하고 불쾌하게 군다. 정작 필요한 곳에서는 아무 말도 못 하면서 비겁한 줄도 모르고. 부끄러운 줄도 모르고.

―어딘가 아팠어요?

동강 씨가 나를 쳐다본다. 앞을 보고 있어도 그 정도는 알 수 있다. 내 동생은, 해놓고 나는 숨을 몰아쉰다. 목구멍이 따끔하고 가슴이 답답한 건 먼지가 많고 환기도 잘 되지 않는 곳에 오래 서 있었기 때문이다.

―내 동생은 자주 아파서 학교도 직장도 못 나

갈 때가 많았어요. 불 꺼진 방에 우두커니 앉아 있곤 했죠. 의자도 아닌 방바닥에, 꼭 녹아내린 젤리처럼요. 혹시 동강 씨도 그랬나 해서.

—안 아팠어요. 공부했어요, 계속.

—공부?

—대학교 졸업하고 나니까 대학원 가래서, 공부도 하고 논문도 쓰고 학위도 따고 유학도 다녀오고. 시키는 거 다 하고 보니 더는 할 게 없더라고요.

—도련님 맞네.

—세상 구경 나온 도련님?

—그냥 도련님도 아니고 조온나 비싼 아파트 사는 도련님이죠. 그렇게 비싼 집 살면 기분이 어때요?

그 집에는 내 방이 있어요. 동강 씨가 말한다. 있겠죠, 비싼 집이라면서요. 방도 있고 거실도 있고 테라스도 있고 드레스 룸도 있고 뭐든 다 있겠죠. 내 방 벽은 파란색이에요. 파란색을 좋아해요? 내가 무슨 색을 좋아하든 내 방 벽 색깔은 한 번도 바뀐 적이 없어요. 어릴 때는 구름이랑 열기구가 그려진 파란색 벽지였고 학교 다닐 때는 해리포터가 그려진 거였어요. 중간중간

소설 문구가 영어로 쓰여 있었죠. 군대에 다녀왔더니 페인트칠을 한 건지 벽이 온통 새파랗고 반들반들했어요. 새파란 방에 하얀색 침대랑 책장이 있고 커다란 돛 모양 장식품이 정면에 붙어 있더라고요. 이건 뭐, 파란 방의 도련님이시네. 내 말에 동강 씨가 작게 웃는다.

카드를 찍는 입주민에게 키를 내주는 일을 우리는 서너 번 반복한다. 정수기 앞에 누가 물을 쏟았네요. 흠뻑 젖은 손을 한 사람이 우리에게 말하고, 동강 씨가 밀대를, 내가 미끄럼 주의 표지판을 꺼내 간다. 내가 여길 몇 년째 다니는데 카드 잠깐 놓고 왔다고 못 들어가게 해? 화를 내는 사람에게 사과하고. 샤워기에서 물이 새던데요? 알려주는 사람에게 감사하다고 말한 뒤 시설관리실에 연락을 넣는다. 모든 것이 쉽고 한결같이 명료하다.

　—다른 색 벽지가 필요해요?

　내가 묻자 동강 씨는 오히려 왜요, 하고 되묻는다.

　—내겐 아무것도 필요하지 않고, 아무 일도 일어나지 않아요.

　난 그게 좋아요, 라고 동강 씨가 말한다.

*

새벽이다. 나는 거실도 없고 테라스도 없고 드레스 룸은 더더욱 없는 작은 방에 앉아 있다. 필요한 건 너무 많고 내게 있는 건 그게 뭐든 다 만족스럽지 못하다. 내 방의 어떤 것도 파랗지 않다. 보증금 오백에 월 육십만 원. 부동산중개업자는 교통 좋은 곳에 이렇게 깨끗한 방을 구하기란 쉽지 않다고, 단기 임대지만 한 달 전에만 얘기하면 얼마든지 계약을 연장할 수 있다고 말했다. 그전까지 어디서 지냈냐고 묻기에 고시원에서 살았다고 했더니 아무렇지 않게 내 어깨를 만졌다.

　―그러니 이렇게 어깨가 꽉 말려 있지. 고시원 사는 애들은 다 이래, 거북목에 라운드숄더에, 이러면 나중에 허리도 나가요. 눈 딱 감고 절약해서 오백만 원만 모으면 방 크기가 이렇게 두 배로 커지는데, 응?

　눈 딱 감고 절약하면 오백만 원이 생기는 사람은 어떤 사람일까. 월셋집을 선택한 순간 내 안에 희미하게 남아 있던 미래에 대한 기대는 일시에 지워졌다. 이달의 월세를 벌 수 있는가 없는가가 모든 선택의 기준이 됐다. 나는 메뚜기처럼 빠르게 다음 일, 새로운 일로 옮겨 갔다. 내 안에 아무것도 고일 틈이 없었다.

우리 가족은 오래전부터 뿔뿔이 흩어져 각자의 방을 구해 살았다. 아빠는 공장 기숙사에서, 엄마는 성당 지하에 있는 관리인실 비슷한 곳에서, 나와 이서는 고시원에서 살았다. 이서가 좋은 직장에 들어가 마이너스통장을 개설해 작은 자취방을 구했을 때 나는 이서가 진심으로 부러웠다. 좋은 직장에 오래오래 다니길 바랐다. 그런 곳에 다니는 사람들은 외모도 인성도 센스도 인심도 좋은 사람들일 거라 생각했다. 이서도 곧 좋은 집에 사는 좋은 사람이 되겠지. 반듯하고 깨끗하고 좋은 냄새가 나는 사람으로 살겠지. 그런 기대와 희망을, 이서만 떠올리면 자연스럽게 품게 됐다. 그게 어떤 식의 비참함을 일깨우는지 미처 모르고.

나는 매일같이 이서를 생각했다.

하지만 동시에 이서에 대해 아무것도 생각하고 싶지 않았다.

이서의 휴대폰을 켜 통화 기록을 연다. 그 이름

은 여전히 그곳에 박제되어 있다. 오후 7시 8분. 통화 버튼을 누른다. 대기음이 아주 오랫동안 울린 뒤에야 전화가 연결된다. 누구세요. 목소리가 조심스럽다. 생각보다 앳된 목소리라 놀란다. 정규직의, 전문직의, 나이가 지긋하고 어투부터 꼴통인 그런 사람을 상상했는데 목소리는 다만 어리고 나긋하다. 누구세요, 누구신가요. 목소리에 밴 경계심이 조금씩 선명해진다.

—이서에게…….

목이 꽉 조여 나는 잠시 헛기침을 한다.

—이서에게 전화를 아주 많이 하셨더라고요.

—이서 씨 가족분 되세요? 뭐라고 위로의 말씀을 드려야 할지…… 정말 유감입니다.

—무슨 할 말이 그렇게 많으셨어요?

—업무 관련 전화였어요.

—아무리 업무라고 해도…….

—이서 씨가 일이 서툴러 지시 사항이 워낙 많았습니다. 실수도 잦았고요.

—아무리 그래도…….

—가족분들이 회사 생활을 다 아시긴 어렵지 않을까요? 이서 씨 때문에 저도 많이 힘들었어요. 회사

일로 전화 좀 자주 한 게 문제가 되나요?

—문제가 없나요?

—없죠.

그렇군요, 하고 나는 전화를 끊는다. 잠깐의 통화일 뿐인데 등이 축축하고 목덜미가 간지럽다. 이런 목소리였구나. 이런 목소리가 이서와 매일 얼굴을 맞대고, 멀거나 가까운 곳에서, 손에 닿지 않는다면 전화를 걸어 나쁜 소리를 해댔구나. 이서가 기어코 찢어질 때까지 계속해서, 쉬지 않고.

오전 3시 15분에 나는 그 이름을 누른다.

폭 잠긴 목소리가 전화를 받아서는 십 초간 침묵한다.

오전 4시 9분에 나는 그 이름을 누른다.

뭐 하시는 건가요. 아까보다 또렷해진 목소리가 사나운 기색을 띤다. 이백십육, 이백십오. 이백십사. 이백십삼. 내가 숫자를 세는 동안 그 이름은 서너 번 한숨을 쉬고, 그대로 전화를 끊어버린다.

오전 8시 41분에 나는 그 이름을 누른다.

뭐 하자는 거예요, 대체! 대중교통 안인지 주변

이 시끄럽고 목소리는 나직하다. 작고 하찮은 목소리로 그 이름이 화를 낸다.

오전 8시 43분에 나는 그 이름을 누른다.

전화가 연결되지 않는다.

나는 그 이름의 연락처에 함께 저장되어 있는 사무실 번호로 전화를 건다.

오전 11시 21분.

오후 3시 30분.

오후 4시 7분.

오후 4시 33분.

오후 4시 51분.

오후 6시 45분.

그 이름이 이서에게 전화한 시간에 맞춰, 그 이름이 비명을 지를 때까지 나는 계속해서, 쉬지 않고 전화를 건다.

—괜찮아요.

나는 찢어진 소리를 내는 그 이름에게 말한다.

—사람은 고작 이런 걸로 죽지 않아요. 아무 문제 없는 거 아시잖아요.

*

나는 눈치가 적당하고 주제 파악을 잘하는 사람이다. 윗사람이 보기에 모난 곳 없이 둥근 성격에 작은 체구라 위압감이 없고 제법 자연스러운 웃음을 진심인 척 지을 수 있는 사람. 그래서 쓰고 버리기 좋은 사람이다. 그런 식의 평가가 싫지 않다. 고집스럽고 매사에 불평만 늘어놓다 추문과 함께 잘리고 마는 사람보다 멍청해서 뒤끝 없는 사람이 일을 구하기 쉬우니까. 내게 중요한 건 돈을 벌고 있다는 사실이다. 매달 월세를 내고 내 짐이 부려져 있는 작은 방에서 잘 먹고 잘 자는 것이 내겐 가장 중요하다.

재계약이 불발됐다는 말과 함께 과장은 오영 씨처럼 성실한 사람도 드문데, 라고 말한다. 꼬짤이 아닌 오영 씨, 라고 내 이름을 제대로 부른다.

—이상하게 민원이 자꾸 들어와서 말이지. 인포 직원이 헤어드라이어로 옷을 말렸다는 둥, 다른 직원이랑 수다를 떠느라 일을 통 안 한다는 둥, 핸드폰만 들여다보고 있다는 둥 말이야. 원래 어설프게 잘사는

사람들이 불만만 많아. 품 안에 든 게 한 줌뿐이라 매사 필사적이고 사납지. 진짜 돈 많은 사람들은 오히려 안 그렇거든.

진짜 돈 많은 사람들은 눈 딱 감고 절약하면 오백만 원이 생기는 사람들일까, 눈만 깜빡여도 알아서 오백만 원이 생기는 사람들일까. 늘 비슷하게 억울하고 비슷하게 가난한 사람들 사이에서 살아왔다고 내가 착각했던 것처럼, 그들도 완전히 다른 사람들이겠지. 누구와도 닮지 않은, 서로 모르는 사람들이겠지.

─단기라도 괜찮으면 다른 아파트에서 일해볼래? 내 후배네 센터가 인포 구하고 있거든. 거기가 여기보다 대단지라 일하기 더 좋을 거야.

이력서를 한번 보내보라고 과장은 메모해둔 연락처를 건넨다. 나는 출입증을 반납한 뒤 감사하다고 말하고 사무실을 나온다. 뭔가 떨어뜨리고 온 것은 없는지 내 흔적이 남은 건 아닌지, 뒤돌아 확인하고 싶은 마음을 필사적으로 억누른다.

강습실에는 새로운 1번, 2번, 3번이 들어가 있다. 이전 번호들보다 훨씬 어리고 자그마한 사람들이 각자의 자리에서 거울을 닦고 물품을 정리하며 스트레칭을 한다. 과장이 강사 간 친목 금지를 내건 탓에 새로운 단톡방은 생기지 않았다. 이전 단톡방은 일찌감치 사라졌다.

안내 데스크에 서 있던 동강 씨가 손짓한다. 그의 손끝이 입구 옆 작은 의자에 쭈그리고 앉아 있는 노인을 향한다. 사각턱에 강마른 노인은 다행히 옷을 입은 채다.

—자꾸만 도둑이 있대요, 여자 사우나실 안에.

나와 눈이 마주친 노인이 벌떡 일어선다. 거칠게 짠 면직물 원피스 아래로 맨발이 고스란히 드러나 있다. 그냥 놔두면 딸이 데려갈 거예요. 냄새나는 오일을 몸에 처덕처덕 바른 도둑년 딸이. 동강 씨가 의아해하는 사이 사우나에서 슬리퍼 차림의 여자가 튀어나온다. 노인을 잡아채는 손이 여지없이 억세다.

—딸 아니네.

동강 씨가 말한다.

—딸이면 저렇게 안 잡죠. 노인들 살이 얼마나 무른데. 금방 멍들어요, 저러면.

여자에게 끌려가는 노인의 맨발이 대리석 바닥

에 쓸려 지익 지익 소리를 낸다. 동강 씨와 나는 비좁은 안내 데스크에 나란히 서 있다. 해야 할 일은 아무것도 없지만 고집스럽게 앞만 보고 서 있다. 발가락 부러지 겠네. 동강 씨가 물티슈를 뽑아 손가락 사이를 닦으며 투덜거린다. 손가락 사이에 붉고 오돌토돌한 것이 잔뜩 돋아 있다. 그러고 보니 말예요. 동강 씨가 말을 돌린다. 예전에 영 이상한 걸 본 적 있어요.

　　―집에서 십 분쯤 걸어 나가면 천변이 있거든 요. 물고기도 있고 가끔 오리도 떠다니고 그러다 갑자 기 말라버리는 납작한 물길이. 별건 아닌데 사람들이 조깅하러 많이 와요. 산책도 하고요. 어느 날은 웬 젊은 여자가, 아니지, 그런 건 젊다기보다 어리다고 해야 하 나? 어린 여자 하나가 김장 봉투 같은 걸 끌고 천변으로 오는 거예요. 뭔가 싶어 쳐다봤더니 봉투 안에 든 게 전 부 신발이에요. 구두도 있고 운동화도 있고 로퍼도 있 고 아무튼 사이즈도 모양도 다 제각각인 신발들이요. 여자가 신발을 한 짝씩 꺼내 천변에 던져 넣는 걸 주변 사람들 전부 쳐다만 보고 있었어요. 뭔가 현실감이 없 었달까. 화가 난 것도 아니고 신이 난 것도 아니고. 되게

지루하고 끔찍한 얼굴로 끝없이 신발만 던지고 있는데, 누가 말리면 곧장 자기가 천변으로 뛰어들 것만 같았거든요.

다 던지고 나서도 하나도 홀가분해 보이지를 않아서, 저럴 거면 뭐 하러 힘들게 신발을 훔쳐 왔나 싶더라고요.

―왜 훔쳐 왔다고 생각해요?

―그 많은 걸 어디서 났겠어요. 어디 고깃집 신발장 같은 데라도 털어 왔겠지. 도대체 뭐였을까요, 그 여자.

글쎄요, 하고 나는 답한다. 오후 3시, 로비는 텅 비었고 내 시간은 이미 끝났다. 서랍 속에 든 잡다한 것들, 작은 손거울과 핸드크림과 휴대폰 충전기 같은 것들을 끄집어낸다. 챙겨야 할 것은 그게 다지만 괜히 남은 서랍들을 여닫는다. 마지막 서랍에 풍경이 들어 있다. 돛이 걸린 새파란 벽과 새하얀 책상에는 도무지 어울리지 않을 황동색 풍경을 들고, 내 손이 바람인 양 흔든다. 깊고 그윽한 소리를 낼 줄 알았는데 풍경은 뎅강 동강 똥강 잘린 소리를 쏟아내고는 끝이다. 물고기가 몸을 뒤집을 때마다 깨진 것들이 바작대는 소리가 난

다. 동강 씨가 풍경을 도로 서랍 속에 집어넣는다.

　잘 지내요, 내가 말하고. 잘 가세요, 동강 씨가 답한다. 과장이 준 메모가 주머니 안에서 바스락거린다. 나는 그것을 꺼내 쓰레기통에 넣는다. 이상한 일이라면 얼마든지 있다. 깨진 풍경과 버려진 신발들에 대해 아무것도 알고 싶지 않다. 무지는 뒤끝이 없고 악은 가성비가 좋다. 나는 밥도 잘 먹고 잠도 잘 자고 이달의 월세에 대해 골똘한 채로 매일을 보낼 것이다. 그러다 어느 날은 잘 썩을 겨를도 없이 불에 타 거칠거칠한 가루가 되어버린 이서에 대해 떠올리겠지.

　이서는 어떤 사람이었을까. 나는 영원히 알 수 없다.

우리가 될 수 없는

우리가 될 수 없는

오영이 나를 물끄러미 바라본다. 무언가를 묻고 싶기도, 묻고 싶지 않기도 한 얼굴이다.

오영은 어떤 대답이 나오든 상관없는 질문을 하거나 아예 아무것도 묻지 않는 사람이다. 실망하기에 앞서 포기부터 하는 사람. 기대도 열망도 없는 오영의 얼굴은 대개 무표정하다. 나는 오영의 얼룩진 얼굴을 딱 한 번 본 적 있다. 오영이 아직 일을 그만두기 전, 나와 안내 데스크에 나란히 서서 텅 빈 로비를 바라보고 있을 때였다. 오영은 알람이 울릴 때마다 데스크 아래 쪼그려 앉아 전화를 걸었다. 알람의 주기는 대중없어서 어떤 때는 삼 분 간격으로 울렸고 어떤 때는 두 시간이 넘도록 울리지 않았다. 상대가 전화를 받지 않거나 끊어버리기 일쑤였는데도 오영은 꾸준했다.

누구한테 돈 떼였어요? 내가 묻자 오영은 그럴지도 모르겠다고 답했다.

—돈이든 뭐든 되게 소중한 걸 떼인 것 같아요.

—뭔지 모르면 그건 소중한 게 아니죠.

내 말에 오영이 곰곰 생각하더니 말했다.

—모르니까 이만큼이라도 하는 거예요.

내가 뭘 떼였는지 정확히 알게 된다면, 그땐……. 오영은 더 이상 내게 답하지 않았다. 핸드폰 발신 목록을 살피는 오영의 얼굴이 옅게 일렁였다. 가만히 보고 있자니 돌출된 부분과 깊고 어두운 부분이 뒤섞여 이목구비가 다 흐려질 지경이었다. 일그러지고 얼룩진 얼굴의 오영이 중얼거렸다. 그땐 너무 무서워서 아무것도 못 할걸요.

나는 가끔 오영의 말을 따라 했다. 따라 할 때마다 별것 아닌 말들이었다. 무서워하는 마음만큼 하찮은 것이 또 있을까. 정말 무서운 것은 마음먹을 새도 없이 온다. 오영은 필요한 말을 그다지 필요하지 않을 때 하거나 불필요한 말을 불필요할 때 했다. 오영의 말 중에는 명심해야 할 것이 없었으므로 나는 오영과의 대화가 좋았다. 무지하고 하찮아서 어느 쪽도 거만해질 이유가 없다는 점이 특히 그랬다.

오늘의 오영은 평소보다 조금 더 별 볼 일 없다. 흐린 얼굴이 한참을 망설이다 내게 묻는다.

—관심받고 싶어서 그래요?

오영이 내민 건 인스타그램에 올라온 일 분 남짓한 영상이다. 지하보도를 빠르게 걷고 있는 남자의 뒷모습 영상. 끝날 때까지 남자의 얼굴은 한 번도 나오지 않지만 나는 안다. 그가 누군지 오영도 아는 것 같다. 그러니 여기까지 왔을 것이다.

데스크 안으로 불쑥 들어온 오영이 서랍을 뒤진다. 오영은 안내 데스크 일을 진즉 그만두었고 아파트 입주민도 아니다. 그러니 입주민 전용 커뮤니티센터에 들어와서도, 안내 데스크 안쪽의 물건들을 만져서도 안 된다. 하지만 나는 오영을 내버려둔다. 이곳에는 중요한 것이 아무것도 없다.

서랍장 제일 마지막 칸에서 오영이 풍경을 끄집

어낸다. 황동으로 만들어진, 한 손에 다 잡히지 않을 만큼 큼직한 종과 그 아래 달린 납작한 물고기까지 그야말로 기본에 충실한 풍경이다. 뎅강 동강 똥강 소리를 내는 가여운 풍경. 가방에 도로 달아요, 라고 오영이 말한다.

—고양이 목에 방울 달기 같은 건가요?
내가 묻고,
—도련님 목에 방울 달기죠.
오영이 답한다.
이 소리가 멈추게 해줄 거예요, 그게 뭐든. 오영이 확신 없는 표정으로 말한다. 나는 다시 영상을 들여다본다.

남자는 누구와도 눈을 맞추지 않고 어깨를 들썩이며 걷고 있다. 나는 저 얼굴을 안다. 부끄러움을 모르는 얼굴이다. 나는 저 어깨를 안다. 검푸른 멍이 노랗게 번지기 시작한 위로 또 다른 멍이 붉은그물버섯처럼 돋아나는 어깨다. 나는 저 손을 안다. 사람을 떠미는 데 망설임이 없는 무감한 손이다. 남자는 절그럭절그럭 깨진 소리를 내며 걷고 있다. 돌진하고 있다. 부서지고 있다.

영상 속의 남자는 무엇에도 여지를 두지 않는다. 사납고 무례한 걸음으로 지하보도를 빠르게 통과하다 체구가 작은 여성을 어깨로 밀친다. 여성이 고꾸라질 정도로 강한 힘이다. 남자는 주위를 살피지도 여성을 돌아보지도 않는다. 남자는 그대로 걷는다. 웅송그리고 있는 노인을, 커다란 백팩을 메고 두리번대는 아이를 남자는 어깨로 손으로 거세게 밀치고 들이박는다. 벽으로 몰아붙인 상대를 거듭 들이받아 넘어뜨린다. 남자는 씨근대며 잠시 그 앞에 서 있다. 구겨지듯 주저앉은 사람의 정수리를 내려다본다. 화면이 깊게 흔들린다.

다시금 걸어가는 남자의 뒷모습을 카메라가 쫓는다. 남자가 그랬던 것처럼 두리번대지도 망설이지도 않고 오직 남자만을 쫓는다. 숨소리도 들리지 않는다. 넘어진 사람에게 시선도 손길도 주지 않는다. 어떤 전조도 없이 불쑥 영상이 끝난다.

*

—정우에게 좀, 이상한 공격성이 있어요.

어릴 때 나를 상담했던 여자는 조심성이 없었

다. 제대로 된 상담센터가 아닌 탓에 그랬는지 모른다. 엄마는 나를 온갖 곳에 데리고 다녔는데 지금 생각해 보면 그중에는 정식으로 허가받지 않은 시설도 많았다. 이제부터 날 선생님이라고 부르렴. 여자는 나와 마주 앉자마자 대뜸 그렇게 말했다.

사십 분 정도 놀이치료를 한 뒤에 보호자와의 면담 시간이 이어졌다. 여자는 상담실 구석에 꾸며둔 모래터에 나를 풀어놓고 엄마와 대화했다. 간혹 나를 살폈지만 내가 어떤 물건을 가지고 노는지, 그게 자신이 허락한 물건인지 아닌지에만 관심이 있었다. 내가 듣고 있거나 듣게 될 말들에는 신경 쓰지 않았다. 엄마는 여자와 대화하는 내내 나를 바라보았다. 낯선 것을 살피듯 건조한 눈빛이었다.

—공격성을 가진 아이들은 생각보다 흔해요. 그런데 정우는 뭐랄까, 발화점이 독특하달까요. 다른 아이들처럼 화가 나서 분풀이한다거나, 곤란한 상황에서 벗어나기 위해 상대를 공격한다거나 그러는 게 아니에요, 정우는.

여자가 잠시 나를 돌아보았다. 내가 바닥에 얼굴을 바짝 붙인 채 양동이에 퍼담은 모래를 머리 위로

붓고 있었으므로 두 사람의 대화는 잠시 중단됐다. 여자가 나를 일으켜 머리카락과 귓속으로 들어간 모래를 털어주었다.

—정우는 상대방에게서 어떤 감정을 끌어내기 위해 상대를 공격해요.

어떤? 엄마가 묻자 여자는 아직 정확하지 않지만, 이라고 덧붙이며 내 양쪽 눈을 번갈아 들여다보았다. 눈이 마주칠 때마다 눈물샘 근처가 아리고 간지러웠다. 여자가 모래가 붙은 손으로 내 눈가를 문질렀다.

—공격보다 상대를 시험해보는 것에 가까울지도 모르죠.

—시험이요?

—정우는 상대방이 수치스러워하는 걸 보고 싶어 해요.

이제부터 날 선생님이라고 부르렴. 여자가 말했을 때 나는 고개를 끄덕이지 않았다. 네, 라고 대답하지도 선생님이라고 부르지도 않았다. 다만 여자에게 되물었다. 선생님이 되고 싶어요?

내가 뭘 하지 말아야 하는지에 대해서는 일찌감

치 배웠다. 다른 사람을 때리면 안 된다. 사람이 아니라 동물, 아주 작은 동물이나 곤충도 마찬가지다. 아무도 때리면 안 되고 아무것도 부수면 안 된다. 큰 소리로 비명을 지르거나 의미불명의 말을 해서는 안 된다. 원하는 만큼 먹을 수 있지만 게걸스러워서는 안 된다. 내 몸을 긁거나 꼬집거나 후비거나 뚫어서는 안 된다. 물어뜯거나 찢는 것도 마찬가지다.

네 몸은 종이와 같아서 쉽게 구겨지고 찢어져 지울 수 없는 흔적이 남는단다. 그 말을 들은 뒤 욕조에 뜨거운 물을 가득 담아 하루 종일 잠겨 있었다. 나는 조금도 녹지 않았다. *자꾸 혼잣말을 하면 아무도 너와 대화하려 들지 않을 거야.* 나는 그 말을 믿었지만 완전히 틀린 말이었다. 새로운 선생들은 내가 하는 말을 메모해두고 그게 무슨 뜻인지 자꾸 물었다. 모든 말이 의미심장하고 귀 기울여 기록할 만한 가치가 있는 것처럼 굴었다.

하지 말아야 하는 것, 해선 안 되는 것들에 대해 나는 매일매일 쉬지 않고 배웠다. 경계를 조금만 넘어도 처참한 일이 벌어질 것처럼 유난하게 구는 사람들 속에서, 수시로 내 몸을 점검하고 말을 검열하고 내 모든 행동에 고개를 젓는 사람들 속에서.

그러나 해도 되는 것에 대해서는 하나도 배우지 못했다.

―정우가 어릴 때 유괴당했던 적이 있어요.

엄마가 여자에게 속삭이듯 말했다. 그 말은 대부분의 경우 만능이었다. 상담사나 의사들은 엄마의 말을 들은 뒤 이전과 완전히 다른 태도를 취했다. 도무지 이해할 수 없다며 고개를 젓던 나의 행동들을 단번에 이해했다. *네가 얼마나 힘들고 혼란스러운지 다 안다. 우리가 도와줄게. 넌 고난을 이겨낼 만큼 충분히 강하단다. 넌 정말 소중한 사람이야.* 그들은 부드러운 목소리로 나와 엄마를 대하고, 자꾸 손을 올려 내 어깨며 머리를 함부로 쓰다듬었다. 나를 가여워했다.

충격이 컸겠군요. 여자가 말했다. 엄마는 더욱 낮아진 목소리로, 거의 지저귀듯 말했다. 유괴범은 자살했어요. 나는 모래터에 얼굴을 통째로 파묻었다.

어릴 때 나를 유괴했던 남자는 놀이터 옆에 서 있다 내게 손짓했으나, 정작 가까이 다가가자 뒷걸음질

쳤다. 일그러진 남자의 얼굴이 웃겨서 나는 그에게 바짝 다가갔다. 왜요? 뭔데요? 왜 불렀는데요?

잠깐 아저씨 좀 도와줄래. 그렇게 말한 주제에 남자는 내내 토할 것 같은 얼굴을 했다. 숨을 참고 눈알을 수시로 굴렸다. 짧은 머리칼 아래 드러난 이마가 축축하게 젖어 있었다. 남자의 차는 낡고 지저분했다. 진흙 길을 달려온 것처럼 차바퀴에서 몸체 쪽으로 흙과 뒤섞인 물 얼룩이 퍼져 있었다. 보조석 바닥도 흙과 마른풀로 엉망이었다.

남자가 머뭇머뭇 시동을 걸고 차를 움직이는 동안 나는 바닥에 떨어진 것들을 짓이겼다. 흙덩이를 뭉갤 때마다 발밑에서 바작바작 소리가 났다. 좌석 아래쪽을 발로 휘젓자 기다란 끈이 딸려 나왔다. 꽈배기 모양으로 촘촘하게 꼬인 초록색 끈은 한쪽 끝이 거칠게 잘려 있었다.

남자는 보조석에 놓인 담요를 가리키며 추우면 덮으라고 말했다. 여름이었고, 차의 에어컨 바람이 형편없었는데도 그랬다. 나는 너를 다치게 하지 않아. 깜빡했다는 듯 남자가 덧붙였다.

ー그러니까 무서워할 필요 없어.

안 무서운데. 나는 말했다.

추운 사람도 무서워하는 사람도 전부 남자인 것 같았다. 나로 말하자면, 남자가 젖은 개처럼 떨고 있는 꼴이 재밌었다. 내 쪽을 흘금대다 눈이 마주치면 소스라치게 놀라는 게 우스웠다. 내가 어마어마하게 커진 느낌이었다. 절대 무시할 수 없는, 괴물이나 거인처럼 굉장한 무언가가 된 기분이었다.

불안한 얼굴로 앞차를 들이박을 듯 속력을 냈다가 순식간에 가라앉는 남자를 나는 질리지도 않고 구경했다. 남자는 보도 옆에 차를 댄 다음 질끈 눈을 감기도 했다. 눈을 뜬 뒤엔 이상하다는 듯 나를 돌아봤다. 왜 뛰어내리지 않는지 의아하다는 듯이.

남자는 나를 태운 곳에서 멀리 벗어나지 않았다. 우리 집과 상가 근처를 뱅뱅 돌다 우리 엄마와 만난 게 전부였다. 엄마가 남자에게 이만 원을 건넸을 때 나는 문득 억울해졌다. 원하는 게 저것뿐이었다면, 엄마가 아니라 내가 할 수 있었다. 저 자리에 내가 설 수 있었다. 손에 쥔 돈처럼 구깃구깃한 남자의 얼굴이 폭발하듯 끓어오르는 순간이 온전히 내 것일 수 있었다. 억울한 건 나였으나 엄마와 남자는 숫제 싸우듯이 서로에게 사과하며 울부짖기 시작했다. 미안해요, 미안합니다, 전부 제가 잘못 알아듣고. 차 밖으로 밀려난 나는 도롯가에 우두커니 멈춰 서 있었다.

나는 그날을 자주 떠올렸다. 꿈 같기도 망상 같기도 한 것에 자주 휩싸였다. 텅 빈 공간에 내가 서 있다. 당연하다는 듯 남자를 불러낸다. 검고 큰 차도 불러낸다. 나는 운전할 수 있고 몸집이 커다랗고 손가락이 몹시 길다. 담요에 둘둘 말린 채로 남자가 졸고 있다. 그저 눈을 감고 있는 것뿐인지도 모른다. 남자는 떨지 않고 공포에 질린 눈으로 나를 흘금대지도 않는다. 나는 그게 불만이다. 내가 남자에게 말한다. 나는 얼마든지 너를 다치게 할 수 있어. 너를 해칠 수도 있지. 남자는 꿈쩍도 하지 않는다. 담요에 싸인 그는 심지어 편안해 보인다. 담요 아래 흘러내린 초록색 끈이 꼬리처럼 흔들린다. 나는 손을 뻗어 그의 머리를 움켜쥔다. 점액질의 무엇처럼 미끄덩하게 손에서 빠져나가는 것을 몇 번이고 고쳐 쥔다. 꼬집듯이 할퀴듯이 손아귀에 손가락에 힘을 준다. 남자가 비로소 눈을 뜬다. 검고 무거운 눈이

다. 내 손이 인형 뽑기 집게처럼 변한다. 기다란 집게발을 힘껏 벌려 그의 귀 뒤와 턱 밑, 목덜미를 와락 쥔다. 그대로 남자의 머리통을 뽑아버릴 수도 있을 것 같다.

그러나 휘청대고 건들거리며 집게가 머리통을 놓친다. 나는 끙끙대며 움켜쥐고 또 움켜쥐고 손가락에 쥐가 나서 비명이 새어 나올 때까지 내내 움켜쥐기만 하다 잠에서 깬다. 머리통을 터뜨리지 못해 울음이 샌다. 손에 쥔 것이 아무것도 없어 미치도록 억울해진다. 손가락을 활짝 펼쳐 닥치는 대로 움켜쥔다. 내 몸을 긁고 꼬집고 후비고 뚫는다. 갈기갈기 찢고 물어뜯는다. 손에 닿는 모든 것을 부순다.

—동물을 괴롭힌 적이 있나요?
새로운 상담 선생이 물었다.
십여 년간 나는 스무 곳 남짓한 상담센터와 심리치료실과 정신의학과를 전전했다. 질문들이 비슷했으므로 나도 매번 비슷하게 답했다. 고등학생이 되어서도 마찬가지였다. 선생과 마주 보는 눈높이가 조금 달라졌다는 것 외에 방의 구도와 물품, 선생의 생김새와 어투까지 다를 게 없었다. 아무것도 바르지 않은 그의 손톱을 들여다보며 내가 고개를 젓자 선생이 다시 물었다.

—동물을 괴롭히고 싶다는 마음이 든 적은요? 때리고 싶다거나 어디 몰래 가둬두고 싶다거나. 유튜브에서 그런 영상을 찾아본 적이 있나요? 우연히 본 적은?

나는 다시 고개를 저었다. 개나 고양이를 괴롭혀서 뭘 하겠어요. 체념으로 무기력해진 얼굴 같은 건 내가 원하는 게 아니에요. 말하고 싶었지만 참았다. 그러나 선생은 내가 눌러 삼킨 말의 흔적을 찾은 듯했다. 느긋하게 몸을 뒤로 젖힌 선생이 말없이 나를 응시했다. 이전의 선생들도 종종 하던 것이었다. 나는 얼마든지 기다릴 수 있어, 지쳐서 입을 여는 건 네가 될 거야. 무언의 압박과 늘어지는 상담 시간. 나는 한숨을 쉬었다.

—동물은 수치심이 없잖아요.

선생이 몸을 일으켰다.

—인간은 어딘가 좀 달라요. 인간만이 모욕을 견디고 모욕 준 대상을 증오해요. 모멸당한 기억을, 부정당한 기억을 잊지 않아요. 나는 그런 걸 보는 게…….

—좋은가요?

선생이 물었다.

—'모르겠어요.

나는 답했다. 하지만 곧 덧붙였다. 뭔가 참을 수 없는 기분이 들기는 해요.

참을 수 없이 좋다? 선생이 물었고 나는 다시 고개를 흔들었다.

—좋고 싫고 그런 단순한 게 아니라요.

—상대가 수치스러워하는 걸 보면 우월감이 드나요? 내가 해냈다는 성취감, 이렇게까지 타인에게 절대적인 영향력을 행사할 수 있다는 데서 오는 존재감과 자신감?

—그렇게 선명한 게 아니에요.

—그러면?

선생은 다시 내 답을 기다렸다. 하지만 뭐라고 설명해야 할지 적합한 말을 찾기 어려웠다. 어떻게든 설명해보려 애쓰던 때도 있었다. 내가 쓸 수 있는 모든 단어와 감정을 끌어다 뭐든 전해보려 했다. 선생들은 주의 깊게 내 말을 들었다. 몸짓을 읽고 흉내 냈다. 하지만 전해지는 것은 아무것도 없었다. 그들은 최선을 다해 오해하고 억측하고 단정 지은 뒤, 만족해했다. 그뿐이었다. 나에 대해 끝내 알지 못했다.

*

끝내, 라는 말을 나는 이런 식으로도 쓴다.

엄마는 끝내 나를 이해하지 못한다. 나는 끝내 엄마를 용서하지 못한다. 엄마와 나는 끝끝내,

서로를 마주하지 못한다.

*

엄마는 한때 노력했다. 무언가를 극복해보려고 했다.

나를 아동상담센터에 보낸 뒤 엄마는 자신도 그와 비슷한 기관에 상담 신청을 넣었다. 다양한 곳에서 범죄피해자 지원에 대한 이런저런 조언을 들었다. 엄마는 자신의 상태를 명명할 병증이 있고, 자신 같은 사람들을 지원하는 사회적 제도가 있고, 이 모든 것의 원인과 비난받아야 할 대상이 따로 정해져 있다는 사실에 안도하는 것 같았다. 그러나 지원센터에 있는 직원의 말은 달랐다.

—죄송하지만 지원 요건이 안 되세요.

―요건이 뭔데요?

―강력범죄로 신체적, 정신적 피해를 입으신 피해자와 가족분들이 지원 대상이세요. 범죄로 인한 피해 양상이나 규모가 소명할 수 있을 만큼 뚜렷해야 하고요.

―저도 뚜렷한 증상이 있는데요?

―그건 안타까운 부분이지만.

직원은 정말 안타깝다는 듯 엄마와 눈을 맞춘 뒤 말했다.

―자력으로 회복이 어려울 정도의 피해를 입으신 분들, 정상적인 생활을 할 수 없을 만큼 극명한 고통 속에 있으신 분들을 우선적으로 도와드리고 있어서요.

―바로 제가 그렇다니까요.

―다들 그렇게 말씀하세요. 그러니 객관적 수치를 기준 삼아서……

―제가, 도무지 살 수가 없어서 그래요, 모든 게 엉망진창이에요.

직원의 시선과 목소리가 나직해졌다.

―그래도 어머님은 아이를 되찾으셨잖아요. 비교적 빠른 시간 내에 어떤 외상도 없이. 피해 금액도 소

소하시고 범죄자 사망으로 인해 보복을 두려워해야 하는 상황도 아니시고요. 정말 심각한 범죄피해자들이 세상에 얼마나 많은지 아세요?

직원이 숫제 애원하듯 말했다.

—도움이 절실한 진짜 피해자들이요.

엄마는 그 모든 말을 아빠에게 했다. 바로 그 직원이 된 것처럼 눈을 내리깔고, 서로 다른 목적으로 간절해진 두 사람이 주고받은 말을 일일이 복기했다. 그런 다음 소리쳤다. 내가 가짜야? 내 고통은 다 가짜라는 소리야?

—그날 이후로 나는 내 아들을 미워해. 저 애 일거수일투족이 다 눈에 거슬려, 행동 하나하나가 번잡스럽고 천박해서 견딜 수가 없어. 엄마가 자기 아들을 혐오하게 된 게, 이게 소소한 피해라는 거야? 이게 정상이라는 거야?

아빠가 서둘러 엄마를 끌어안았다. 위로하기 위해서라기보다 가슴팍에 얼굴을 파묻어 입을 막기 위함인 듯했다. 아빠가 나를 향해 입을 벙긋거렸다. 네 방에 들어가 있어.

이어질 말은 듣지 않아도 알 것 같았다. 아빠도 할머니와 똑같은 말을 할 게 뻔했다. 모든 것이 끝난 뒤에, 그러니까 엄마의 발작 같은 울음과 분노와 원망이 전부 끝난 뒤에야 아빠는 방문을 열 것이다. 비로소 내게 다가와 침대에 누운 나를 다정한 눈으로 들여다볼 것이다. 그것은 참을 수 없는 다정이다. 참혹할 정도로 뒤늦은 다정이다.

—엄마는 환자야.

내 이마에 손을 얹은 채로 아빠가 말한다.

—너무 큰 충격 때문에 자기가 지금 무슨 말을 하는지도 모른단다.

—나도 충격을 받았어요.

—하지만 엄마가 널 구해줬잖니.

—나도 무서웠어요.

—그랬겠지. 내 사랑하는 아가, 하지만 네 공포와 엄마의 것은 달라. 엄마는 눈앞에서 너를 잃을 뻔했단다. 너는 아직 어려서 진짜 무서운 게 뭔지 모르지.

그러고는 혼잣말처럼, 다짐처럼, 주문처럼 내게 말한다.

—어린애들은 괜찮아. 금방 잊어버리고 금세

회복되니까 말이다.

나는 지금도 엄마가 내게 했던 말들을 종종 떠올린다.

—네 차림새가, 네 몰골이, 네가 얼마나 거지 같아 보였으면 고작 이만 원을 달라고 하니.

엄마는 놀이터 흙바닥이나 마트 선반에서 내 손을 거칠게 뜯어내며 말했다.

—이게 뭐 하는 짓이야, 더럽게.

그러고는 도무지 견딜 수 없다는 듯, 진저리를 치며 내뱉곤 했다.

—제발 이만 원짜리같이 굴지 좀 마.

*

몸값 이만 원. 모든 뉴스가 빼놓지 않고 그 금액을 언급했다. 유괴된 지 두 시간여 만에 아이가 무사히 돌아왔고 범인은 다음 날 새벽 강원도 펜션 근처 갓길에서 사망한 채 발견되었다는 후속 보도가 이어졌지만 댓글엔 온통 돈 얘기뿐이었다. 이만 원? 이천만 원을 잘

못 쓴 거 아님? 최소 이백은 되겠지, 애가 어떻게 이만 원이야. 지나가던 개새끼도 그거보단 비싸겠다.

　엄마는 내게서 눈을 떼지 않았다. 학교에서 돌아와 책가방을 내려놓은 다음, 화장실에 들어가 손을 씻고 식탁에 앉아 밥을 먹고 이를 닦는 나를 집요하게 따라다니며 살폈다. 나의 어디가 이만 원짜리처럼 보이는지, 이만 원이 아니라면 내가 대체 얼마쯤이나 될지 알아내고야 말겠다는 듯이. 학교를 옮기고 이사를 간 뒤에도 엄마는 달라지지 않았다. 엄마는 자신이 키워낸 아이가 고작 이만 원짜리라는 사실을 들키지 않기 위해 필사적이었다. 엄마 안에서는 그것이 이미 진실이었다.

　내 방 벽지는 항상 파란색이었다. 고급 원목을 사용한 책상과 의자는 내 키에 맞지 않아 오래 앉아 있으면 허벅지가 저렸다. 중안부가 긴 얼굴형과 상관없이 머리를 길러 지그재그로 볼륨을 넣은 펌을 했다. 굼뜬 손가락에 비해 단추가 많은 셔츠를 입었다. 바닥이 딱딱한 신발을 신고서는 좋아하는 축구를 할 수 없었다. 나는 신발 끈조차 제대로 묶지 못해 자주 넘어졌다. 엄마는 햇빛 속에서 땀범벅이 되어 뛰어다니는 축구를 못마땅해했다. 이마가 새까매졌잖니. 엄마는 밤마다 내 이마에 얇게 저민 오이나 감자를 붙여두었다. 어느 날은 유소년 럭비스쿨 입부 시험을 봐야 한다며 차에 태워 두 시간 거리 체육관에 데려간 적도 있었다. 나는 럭비공을 그날 처음 보았다. 당연하게도 시험에 떨어지자 엄마는 내가 큰 충격이라도 받았다는 듯 가여워하며 나를 달랬다. 아직 수영과 승마가 남아 있으니 그중 하나를 선택하면 된다고도 말했다.

그러나 충격을 받은 사람은 엄마처럼 보였다. 엄마는 왜 내 손가락이 짧고 뭉툭한지 의아해했다. 허벅지가 길고 종아리가 짧아 들먹대며 걷는다고 답답해했다. 내 장래 희망이 왜 변호사나 의사가 아닌지 한심해했다.

—준서처럼 영어유치원을 안 다녀서 그런가.

엄마가 내 입을 크게 벌리고 혀를 이리저리 움직여보게 하더니 말했다.

—발음이 왜 이렇게 우아하질 못하지.

준서는 고모의 외아들 이름이었다.

엄마가 고모를 흉내 낸 건 그녀를 특별히 동경

하거나 질투해서가 아니었다. 엄마 주변에 그럴듯한 부자가 고모뿐이기 때문이었다. 친근한 관계 속에 있지만 완전히 다른 세계에 속해 있는 사람, 충분히 손 닿을 거리에 있음에도 누구도 함부로 손을 뻗지 않는 사람, 보여주기에 능숙하고 보여줄 것들이 도통 마르지 않는 사람이 고모였다.

고모는 본인 이름을 딴 사업체를 가지고 있었고 이름만 대면 누구나 아는 비싼 아파트에 살았다. 조기 유학 보낸 아들을 위해 뉴질랜드와 한국을 수시로 오갔는데, 비행기에서 사용한 슬리퍼와 안대에 이르기까지 일상의 매 순간순간을 인스타그램에 전시하길 좋아했다. 엄마는 틈날 때마다 고모의 계정을 들여다보았다. 고모의 주방이나 전자제품, 계절마다 다르게 꾸미는 거실과 가구들에는 전혀 관심이 없었다. 고모가 오가는 장소와 그곳에서 누리는 은은한 환대에도 심드렁했다. 엄마는 오로지 나보다 세 살 많은 고모의 아들, 준서에게만 관심이 있었다.

준서의 방 벽지와 가구와 침구, 준서가 다니는 학교와 방과후클럽, 준서의 옷과 신발과 가방, 헤어스타일과 눈썹 모양에 이르기까지 엄마는 준서와 관련된 모든 것을 수집했다. 가끔 짧은 영상이 올라오면 준서 뒤에 나오는 배경과 오브제 하나까지, 책상 위 필기구와 선반에 붙였다 뗀 듯한 스티커 자국까지 꼼꼼히 외웠다.

그리고 그것을 똑같이 복사해 내게 덮어씌웠다.

*

오영은 내친김에, 라는 느낌으로 안내 데스크에 나와 나란히 선다. 누가 사물함 키를 던지면 내가 대신 욕해줄게요. 오영이 말한다. 일하는 내내 그러고 싶었거든요. 누가 나를 때리거나 욕하면 왜 이 씨발아, 하고 미친년처럼 달려드는 거.

—여기 있으면 내가 사물처럼 보이나 봐요. 아님 만만해 보이든가.

—만 원짜리들은 원래 잘 안 보여요.

—만 원?

—시급 만 원.

아, 하고 오영이 작게 탄식하더니 눈을 찡그린다. 동강 씨 시급제였구나. 난 월급제였는데. 그러고는

이리저리 손을 꼽아보다 말한다. 심지어 나는 칠천 원
짜리였네.

　—조온나 비싼 아파트 사는 도련님보다 꼬리
짤린 도마뱀한테 돈을 더 줘야 되는 거 아닌가요? 불공
평하네, 진짜.

　—난 오래전에 이만 원짜리였던 적이 있어요.

　—비싸서 좋으셨겠네요.

나는 웃는다.

오영이 풍경을 손안에 쥔다. 조금의 소리도 새
어 나오지 않도록 양손으로 꽉. 그거 사실 훔친 거예요.
내 말에 오영이 고개를 끄덕인다.

할머니는 풍경을 옷장 안쪽에 매달아두었더랬
다. 아래쪽에는 묵은 솜이불이, 위쪽에는 길이와 색깔
과 소재가 제각각인 옷들이 어지럽게 걸려 있는 커다란
옷장이었다. 종을 왜 거기 달아요? 내가 묻자 할머니는
얼른 옷장 문을 닫고 말했다.

　—절에 갔다가 처마 끝에 달린 걸 훔쳐 온 거거
든. 잘 숨겨둬야 해.

정말 훔쳐 왔어요? 내가 묻자 할머니는 웃었다. 쑥스러워하는 것도 자랑스러워하는 것도 같은 이상한 웃음이었다.

—저 소리가 참 좋다 그랬더니, 네 할아버지가 얼른 따다 주더라. 서두르다 사다리에서 떨어지는 바람에 팔이 부러졌더랬지. 부처님 걸 훔쳐 왔으니 벌이라도 받은 건지.

—절에 도로 갖다줘요.

—나는 이만큼 좋은 소리 나는 걸 본 적이 없다.

—안 들키게 땅에 묻어버려요.

—그럼 의미가 없잖니.

할머니가 말했다. 좋은 걸 나만 보려고 기껏 훔쳐 온 건데.

할머니는 별일 없이도 옷장 문을 열었다 닫았다 하며 그 좋은 걸 혼자 봤다. 좋은 소리라고 했지만 나는 그만큼 답답한 소리를 들어본 적이 없었다. 옷장 문을 열면 불규칙하게 잘려나온 소리들이 바닥으로 떨어졌다. 물고기가 몸을 움직일 때마다 깨진 것들이 바작대는 소리가 들렸다. 기분 나쁜 소리가 나요. 내가 말하면 할머니는 호기롭게 말했다.

　―중요한 건 이게 내 거라는 거야. 망가졌든 부서졌든 완전히 내 거다.

　나는 할머니 집에 갈 때마다 풍경이 여전히 그 자리에 달려 있는지 확인했다. 새로운 것이 매달려 있진 않은지 옷장과 벽장, 냉장고 문 안쪽까지 구석구석 살폈다.

　아빠는 나를 할머니에게 자주 맡겼다. 엄마가 깨진 풍경처럼 발작하는 동안 여름이 가고 겨울이 왔다. 할머니는 뜨겁게 굽거나 차게 식힌 것들을 내게 주고 이곳저곳을 바쁘게 오갔다. 간혹 간밤에 꿈을 꾸었는지 물었다. 늙으면 잡다한 꿈 때문에 깊이 잠들기 힘들다고, 그게 다 걱정이 많아 그런 거라고 했다. 어린애들은 꿈을 꿔도 금세 잊어버리니 좋겠다. 할머니가 말했다. 할머니의 말은 대체로 쓸모없었다. 불필요하고 대수롭지 않은 말들을 할머니는 하고 또 했다. 그럼에도 나쁘지 않다는 생각이 들었다. 이미 부서진 것, 깨진 것을 꼭 움켜쥐고 사는 일상도 싫지 않았다. 나는 할머니 몰래 옷장 문을 수시로 여닫았다. 할머니 장례를 치른 뒤엔 일부러 할머니 집에 들러 그것을 훔쳤다.

옷장 속에 숨겨둔 좋은 것, 그러나 그것은 훔쳐 온 것. 망가지고 깨지고 부서진 소리로 우는 가여운 것.

엄마가 만든 방은 완벽하다. 파란색 벽과 새하얀 가구들. 병적으로 보일 정도로 말끔하고 이상적인 그 방은 준서에게 꼭 어울린다. 시원시원하고 싱그러운 표정을 짓고 있는, 부정당하거나 마음이 짓눌려본 적 없는 사람이 가진 특유의 밝음으로 무장한 준서. 해군 제독이 꿈이었다가 럭비 스타가 꿈이었다가 좋은 스펙으로 증권사에 입사해 소매에 이니셜을 새긴 맞춤 셔츠를 입는 준서. 사람을 의심할 필요도 원망할 이유도 없는 건강한 준서에게 맞춤인 방을 엄마는 쉴 새 없이 꾸민다.

그러나 그 안에 있는 건 준서가 아니다. 한때 이만 원짜리였고 이제는 만 원짜리라고 말하지만 사실은 오영과 똑같이 칠천 원짜리인 내가 그곳에 있다. 고작 내가 있다.

사는 동네까지가 스펙이라는 이유로 고모의 집에 전입신고가 되어 있는 나, 준서의 유학 코스를 똑같이 밝았지만 영어를 배우지도 학교에 적응하지도 못한 채 쫓겨나듯 한국으로 돌아온 나, 준서와 같은 신발을 신고 천변으로 지하로 오로지 아래로만 기어드는 나. 안내 데스크에 우두커니 서 있다 지하철을 타고 집으로 돌아와 우득우득 얼음을 씹어 먹는 내가 그곳에 있다. 사람들을 함부로 밀치고 처박은 탓에 멍투성이인 어깨에 씹던 얼음을 대충 문지르고 있는 내가, 흠뻑 젖은 침구 위에 누렇게 바랜 내가 누워 있다.

나와 마주칠 때마다 엄마의 얼굴이 사나워진다. 모욕당한 얼굴을 하고 아빠에게 달려가 저 애는 가짜라고, 싸구려라고, 저 애를 위해 너무 많은 것을 희생해왔다고 소리친다. 난 저 애가 정말 싫어. 그런 때에만 엄마의 세계에 준서가 아닌 내가 있다. 엄마가 실패했음을 깨닫는 순간에만 내가 그곳에 존재한다.

나는 절그럭절그럭 소리를 낸다. 뎅강 동강 똥강 잘린 소리를 낸다. 엄마와 나는 실체 없는 기대를 하고 그것이 무너질 때마다 서로를 산산조각 낸다. 있는 힘껏 부딪쳐 멍들고 깨진 다음에야 서로의 비루한 꼴을 눈치채고 최선을 다해 외면한다. 엄마는 다시 내 방을 파랗게 칠한다. 나는 칠천 원, 만 원짜리가 되어 아무 곳이나 떠돈다.

　내겐 아무것도 필요하지 않고, 아무 일도 일어나지 않는다. 우리가 될 수 없다면 서로인 채로 있으면 그만이다. 엄마와 나는 끝내 서로를 이해하지 못한다. 엄마와 나는 끝끝내 서로를 용서하지 않는다.

—새파란 방은 여전한가요?

—여전하죠.

—새하얀 침대도?

—조금 누레졌어요.

—돛 모양 장식품은?

—익숙해졌어요.

뭐든 익숙해지면 눈에 잘 안 띄죠. 오영이 말한다.

—이제 전화는 안 해도 돼요?

—번호를 바꿨더라고요.

—다른 번호는 몰라요?

—회사도 그만뒀대요.

—나쁜 사람이었어요?

—그랬을 거예요.

—죽여버릴 만큼은 아니었나 봐요.

—내가 좀 비겁해서요.

다들 비겁하게 살죠. 내가 말한다.

무언가를 묻고 싶기도, 묻고 싶지 않기도 한 얼굴로 오영은 오래 망설인다. 나는 몸을 뒤로 물린 채 느긋하게 기다린다. 로비는 여전히 비어 있고 구석진 자리는 어둡다. 강습실 안에서 거울을 닦고 있는 강사는 칠천 원짜리거나 만 원짜리일 것이다. 안내 데스크를 찾아오는 사람들은 한결같이 화가 나 있다. 모조리 깨졌으면 좋겠다고 생각하며 나는 서 있다. 깨지고 부서지고 망가진 가여운 것들로 세상이 가득 찼으면 좋겠다. 그곳이 어디였어요? 침묵을 깨고 오영이 비로소 묻는다.

—영 이상한 거, 그걸 본 곳이 정확히 어디예요? 여자가 신발을 내던지고 있었다는 그곳이요.

나는 그 여자를 정확히 기억하고 있다. 오영에게 알고 있는 것을, 기억하고 있는 모든 것을 알려준다. 어느 전철역에서 내려 몇 번 출구로 나가는지, 보도를 둘러싼 철책을 따라 어느 만큼 걸어가야 뜬금없는 가재 동상이 나오는지, 거기서 어떤 계단을 골라 내려가야 천변에 다다르는지, 정자와 자전거 대여소를 지나 어느 지점을 통과해야 사람이 건널 수 없는 징검다리가 나오고, 그나마 물 깊은 자리인 바로 그곳이 나오는지 나는 전부 다 알려준다. 오영이 있어야 하는 곳은 아무래도 그곳인 모양이니까.

오영과 나는 그곳에서 마주칠 수도 있다. 집 앞을 걷다 무심코 고개를 들었을 때 천변에 선 오영을 목격할 수도 있다. 그러나 그뿐이다. 나는 오영을 부르지 않을 것이고 오영도 나를 돌아보지 않을 것이다. 서로의 맨발에 놀라거나 부어오른 발가락을 안쓰러워하지 않을 것이다. 오영과 나는 내던지는 것밖에 할 줄 모르는 사람들이니까. 나란히 서서 텅 빈 로비를, 젖은 신발을 바라보는 것 말고는 아무것도 할 수 없다.

그런 사람들은 끝끝내 우리가 되지 못한다.

오영과 나는 각자의 지옥 속에 각자의 방식대로 서 있다. 망가진 채로, 가여운 채로 다만 서 있다.

마침표도 없이,

끝끝내 우리가 될 수 없는 사람들에 대해 썼다, 쓰면서 가장 먼저, 제일 많이 상처받는 사람이 나였으므로 죄책감은 없다,

나는 줄곧 실패에 대한 이야기를 써왔다, 넓은 범주에서 보면 반드시 실패하고 마는 사람들의 이야기, 왜곡된 관계로 인해 고통받거나 부조리한 사회 속에서 절망하는 무기력한 사람들의 이야기 말이다, 될 대로 되라지, 같은 마음은 아니었다, 당연하게도,

소설을 쓸 때마다 지키고 싶은 마지막 마음 같

은 것이 내게도 있다, 소설에서 맹렬히 실패해야 현실
에서는 실패하지 않을 거라는 기이한 믿음에 가까운 것,
이토록 첨예한 실패의 기록을 남겨두어야 현실
의 나는 이렇게 살지 않을 테니까, 사람이 사람을 어떻
게 배신하고 증오하여 끝끝내 훼손하고 마는지, 사회가
사람을 어떻게 지우고 뭉개 시멘트 바닥에 붙은 껌딱지
처럼 만들어버리고 마는지에 대해 나는 항상, 썼다, 적
나라하게 쓰인 실패의 기록이 경고 표지판이 되어 현실
속에 우뚝 서기를 나는 항상 바라왔다,

소중한 것들은 대개 가장 하찮은 이유로 일그러
진다, 그러니 무언가를 지켜내려면 그것이 얼마나 연약
한지부터 알아야 한다,

*

나는, 으로 문장을 시작하면 자꾸 변명하고 싶
어진다,

나는 제법 비겁한 편이다, 안전을 최우선으로

여기는 비겁한 성격으로 자랐고, 지금도 매일매일 꾸준히 비겁해지고 있다,

비겁한 나는 쉽게 수긍하고 쉽게 변명한다, 유치원에 다닐 때였다(떡잎부터 비겁했다), 어째서인지 나는 유치원을 두 번 다녔는데 하나는 교회에 딸린 유치원이었고 하나는 미술학원에 가까운 무엇이었다, 리라미술학원, 그런 이름이었던 것 같다, 그곳에서는 자주 그림을 그리게 했다, 선생님의 시범을 따라 그렸으므로 형체와 구도는 똑같았고 아이들이 선택한 색깔만 조금씩 달랐다, 그런 걸 우리는 자랑스럽게 집으로 가지고 가 모서리가 너절해질 때까지 벽에 붙여두곤 했다,

집과 학교, 고래와 오징어와 물결무늬가 지독한 물고기를 자주 그렸던 기억이 있다, 고래 꼬리는 콧수염 모양이었고 오징어 다리 중 길게 뻗은 두 개는 항상 S자 모양으로 그려야 했다, 어쩐지 그날은 빨간색을 쓰고 싶은 기분이었는데 바다를 그려야만 했다, 물고기 비늘 중 몇 개를 빨간색으로 칠했지만 성에 안 찼다, 나는 바다의 절반을 파란색으로 나머지 절반을 빨간색으로 칠했다, 손바닥에 새빨간 도장이 찍힐 정도로 열심이었다, 그림을 끝낸 뒤엔 혼이 났다, 바다가 무슨 색인

지 몰라? 나를 다그치는 선생에게 변명하던 기억이 선명하다, 나는 손바닥의 빨간색을 문질러 지우며 말했다, 파란색 크레파스를 다 써서 그랬어요, 그럼 하늘색을 썼어야지, 군청색도 있잖아, 선생이 말하는 동안 나는 도화지를 반으로 접어 가방에 쑤셔 넣었다,

집으로 돌아가는 길에 나는 주머니에 숨겨 온 파란색 크레파스를 반으로 분질렀다, 반쪽은 화장실에, 나머지 반쪽은 길바닥에 버렸다, 사실은 반쪽짜리 기억이다, 절반쯤은 내 기억일 것이고 나머지 절반은 성장하면서 내가 적당히 끼워 맞춘 거짓 기억일 것이다, 그래도 저 기억이 자꾸 나는 걸 보면 난감하고 무서웠던 마음만큼은 사실이었던 것 같다,

대충 그런 식이었다, 나는 특별한 의지 없이 비겁해졌고 그럭저럭 변명하면서 매일을 살아왔다, 열이 올라 손끝이 바삭바삭해지는 기분이 들면 재빨리 도망쳤다, 바삭한 것들은 대부분 연약하니까, 연약한 마음으로 소설을 쓰진 않았는데 소설에 대해 이야기하려니 자꾸 바삭해진다, 이것은 다만 손끝과 혀끝이 바삭한 인간이 쓴 소설일 뿐이라고 말하고 싶어진다,

이 글이 거대한 변명의 장이 되지 않으려면,

오늘에 대해 써야 한다, 오늘의 각오와 오늘의 실패, 오늘의 비겁함과 오늘의 오만과 오늘의 나에 대해 써야 한다,

그냥 쓰지 말자,

*

상담 선생님이 권했던 것들 대부분을 실행하지 못했지만 가장 쉬워 보이는데 하지 못한 것은 햇반에 대한 것이다, 햇반을 데운 뒤 그냥 드셔보세요, 선생님은 말했다, 그러라고 나온 거거든요, 햇반은, 간단하고 편리하게 먹으라고,

그러라고 나온 걸 나는 하지 못한다, 햇반을 데우면 그릇에 옮긴다, 용기 모양대로 짓눌린 부분을 살살 펴서 동그랗고 포슬포슬한 모양으로 바꾼다, 단순한 눈속임에 불과하더라도 매번 그렇게 한다, 다른 집에 가서 밥을 먹을 때 용기째 주는 햇반은 잘 먹을 수 있다, 그럴 땐 그게 당연하고 편하다, 다만 내가 나에게 밥

을 차려줄 때는 그러고 싶지 않다,

나는 아주 오랫동안 나를 무시해왔다,

나는 내가 앞장서서 나를 무시하고 대수롭지 않게 여기면 다른 사람들이 그러지 않을 줄 알았다, 멍청한 생각이었다,

나는 이제 어떤 사소한 것도 내게 함부로 하고 싶지 않다, 내가 나를 무시하지 않고 미워하지 않고 하고 싶어 하는 것을 하도록 내버려두는 데에 꼬박 사십 년이 걸렸다, 가끔 눈앞이 깜깜해진다, 사고나 사건 없이 여든쯤 생을 마감한다고 치면 앞으로 사십 년은 꼼짝없이 나를 사랑해야 한다, 나는 그렇게 길고 지난한 사랑을 한 번도 해본 적이 없다, 십 년쯤은 나를 진심으로 사랑하고 십 년쯤은 나를 의무적으로 사랑하고 십 년쯤은 나를 지긋지긋해하면서 어쩔 수 없이 사랑하고 나머지 십 년은 끔찍하고 지랄맞은 마음으로 연민하다 죽게 될까,

나를 무시하지 않기 위해 나는 내 마음에 무심해진다, 쓸모없는 것을 욕망해도 혼내지 않고 무심히 지나친다, 허세 부리며 번잡스럽게 굴어도 경멸하지 않고 끄덕인다, 그러고 있다 보면 곧잘 괜찮아진다, 감정에 있어서만큼은 게을러지는 게 도움이 된다, 나는 가장 게으르고 무심한 눈으로 나를 바라본다, 나의 연약함은 그런 식으로 지켜진다,

그럼에도 무시할 수 없는 어떤 순간이 삶에 뛰어들 때가 있다, 도무지 끄덕일 수 없는 순간이 온다, 무심해지느니 바스러지고 싶은 순간이 기어코 온다,

*

이천십사 년 봄이었다,

점심 약속이 있어 나는 아침부터 바빴다, 누군가의 소개였거나 부모가 마련한 선 자리였을 텐데 당시에는 그런 일이 잦았다, 전혀 알지 못하는 누군가를 굳이 만나는 일이,

약속 장소를 잡기 위해 주고받은 연락은 정중하고 차분했다, 무슨 음식을 좋아하세요 무엇을 싫어하시나요 어느 지역에 자주 가시나요, 그런 잡다한 걸 묻지 않고 그는 한 가지만을 확인했다, 조용한 곳이 좋으신가요, 나는 그렇다고 답했다, 그는 테이블 간격이 넓거나 별도의 룸이 있는 곳을 찾아보겠다고 했다, 주말은 번잡하니 연차를 쓰겠다고도 말했다, 그런 식으로 수요일 점심 약속이 정해졌고,

그가 고른 곳은 과연 조용한 곳이었다, 넓은 테이블에 묵직한 도자기 그릇을 아무 소리도 내지 않고 내려놓는 서버가 있었다, 음식에 대한 설명이 이어질 때마다 고개를 끄덕였지만 나는 좀처럼 핸드폰을 손에서 내려놓을 수 없었다, 왜냐하면 이천십사 년 사월이었으니까,

그는 괜찮을 거라고 말했다,

별일이야 있겠어요? 그렇게 말하는 목소리가 잔잔하고 우아했고 우선은 식사를 좀 하시죠, 하면서 내 쪽으로 접시를 밀어주는 손이 기름했다, 좋은 직업과 좋은 미래 설계와 좋은 목소리와 좋은 시계를 가진

사람이었고 자신의 좋음을 지나치게 내색하지 않으려
는 좋은 매너를 가지고 있는 사람이었다, 식사가 내키
지 않는다면 괜찮은 커피집을 알고 있다고 말해주는 사
람이었고, 내가 계속 핸드폰 화면을 보고 있는데도 불
편한 기색 한번 비치지 않았다, 다만 그는,

깻잎에 싼 구운 고기를 정갈한 손길로 집어 입
에 넣고 있었다, 고요하고 단정하게, 여유로운 표정으
로, 누군가의 죽음과 완전히 무관해 보이는 그만의 세
계에서,

저렇게 어여쁘게 고기쌈을 먹는 사람과는 함께
할 수 없겠다는 생각이 들었다, 그것이 무엇이든 어떤
것도 함께할 수 없으리라는 예감이자 확신 같은 것이,
다 드셨으면 일어나죠, 내가 말했고 그는 그제야 불쾌
한 표정을 지어 보였는데 그 앞에서 나는 지독히,
외로운 얼굴을 했을 것이다,
어떻게 설명해야 좋을까, 그 순간 내가 느꼈던
기이한 절망감과 지독한 외로움을,

무관하고 싶지 않다는 생각이 들었다,

더는 누구와도 무관해질 수 없다는 깨달음이었는지도 모른다,

*

잘난 듯이 말하고 있지만 나는 근본적으로 비겁한 사람이다, 이 글은 결국 거대한 변명의 용도로 쓰이고 있다, 나는 아무렇지 않게 잘 먹고 잘 잔다, 하고 싶은 걸 하고, 하고 싶지 않은 걸 하지 않기 위해 최선을 다한다, 하지만 대부분 하고 싶지 않은 걸 먼저 해버린 뒤 하고 싶은 걸 아주 조금 하는 식으로 세상과 타협한다, 나는 비겁하고 안전한 선택지를 고르는 데 이골이 나 있다,

그런 나를 사랑하려고 나는 매일매일 애쓴다, 매일이 부끄럽고 매일이 한심하지만 그렇다고 해서 무시하고 싶지 않고 부서뜨리고 싶지 않다, 나는 비겁하고 바삭한 인간으로 내가 얼마나 바삭바삭한지 이미 잘 알고 있다,

나는 가끔 내가, 조금 미친 사람 같다,

*

나는 이번 주에만 무려 세 번이나 "소설 쓰는 게 너무 좋다"고 누군가에게 말했다,

바삭하고 조금 미친 사람이라고 해서 진심이 없는 건 아니다, 나는 늘 진심이었고 앞으로도 진심일 것이다,

진심이 되려면 믿어야 한다, 사람을 세계를 무수한 선택 속에 숨어 있는 선의를 믿어야 한다, 믿어야만 쓸 수 있다, 반드시 회복되리란 믿음이 있어야만 마음껏 부서뜨릴 수 있다, 부서뜨리기 위해 믿고, 믿기 위해 부서뜨리는 기이한 반복 속에 나는 있다, 그러니까 처음으로 돌아가 고백하자면,

끝끝내 우리가 될 수 없는 사람들에 대해 썼다, 그러니 현실에서는
끝끝내 우리가 되는 사람들을 보고 싶다,

*

모든 것이 아주 잠깐 쉬어갈 뿐이다, 가까스로 하나를 끝내면 숨찬 기색도 없이 다른 하나가 이어진다, 희망도 절망도 마찬가지다,

이조차도 비겁하다고 말한다면,
할 수 없다, 조금 더 바삭해질 수밖에,

끝끝내 '우리'가 되지 않음으로써

— 최진석(문학평론가)

1. '우리'라는 아득한 환상

대명사 '우리'는 얼마나 폭력적이고도 안일한 환상인가? 누군가와 '우리'가 된다는 것은 서로를 나누는 심연을 건너뛰어, 상호 간의 고통과 기쁨이 오차 없이 번역될 수 있다는 섣부른 낙관을 전제로 한다. 하지만 인간은 본질적으로 타인에게 가닿을 수 없는 투명한 벽을 지닌 채 살아간다. '내'가 감각하는 절망의 무게는 결코 '너'의 저울 위에서 동일한 값으로 측정되지 않으며, 누군지 모를 타인의 내면에서 벌어지는 참혹한 붕괴 역시 '나'와 '너'에게 영원한 미지로 남는다. 어느 철학자의 말을 빌린다면, "타인은 그저 타인이다." 이토록 단순하고도 명확한 사실만이 냉정한 진실이다. 그렇기에 타인의 슬픔을 온전히 이해한다는 확신은 종종 자신의 언어로 상대를 정의하려는 폭력으로 전락하고 만다. 우리는 끝끝내 서로에게 완벽히 번역되지 않는, 닫힌 텍스트이자 고립된 섬 아닌가?

서로의 영혼을 번역하려는 시도가 실패하거나 기각된 자리, 즉 '우리'가 불가능해진 틈을 파고드는 것은 가장 차갑고도 노골적인 만국의 공통어, 바로 화폐와 숫자다. 현대사회는 이해할 수 없는 타자를 마주할 때 그 내면을 응시하는 대신, 그 존재의 사물적 값어치를 매기는 가장 손쉬운 방식을 택한다. 특히 사회의 가장자리에 내몰린 약자들에게 이 잣대는 가혹하리만치 정확하게 적용된다. 개인이 가진 고유성은 삭제되고, 그의 능력과 재능은 고작 몇만 원, 혹은 몇천 원짜리 노동력으로 환산된다. 타인과 맺는 관계조차 교환가치로 대체된 세계에서, 개인은 철저히 타자화되고 타인은 물론 자기 자신으로부터도 돌이킬 수 없이 소외되며 소진되기 마련이다.

안보윤의 이번 소설집은 바로 이토록 서늘한 진실, '우리'가 될 수 없는, 아니 '우리'로부터 밀려나 그 바

끝에 선 자들이 부딪히고 미끄러지는 막막한 궤적을 집요하게 추적한다. 「이만 원만 빌려줘」 「(알 수 없음)」 「우리가 될 수 없는」으로 이어지는 세 편의 소설은 별개의 이야기들이라기보다, 보이지 않는 실핏줄로 이어진 하나의 거대한 세계도(世系圖)에 가깝다. 이 세계의 인물들은 각자의 지옥에 유폐된 채 허우적거리지만, 그들의 절망은 서로에게 기이한 소음이나 '알 수 없는' 발신자의 폭력으로 가닿을 뿐이다. 작가는 에세이 「마침표도 없이,」를 통해 이처럼 결코 하나로 묶일 수 없는 각자의 고립과 실패를 증언한다.

그렇다면 이 철저한 타자성과 마주하여 무엇을 사유해야 하는가? 존엄이란 본디 화폐로 환산할 수 없는 존재 자체의 숭고함에 부여되는 이름이다. 모든 것이 숫자로 치환되고 서로를 끝내 이해하지 못하는 불모의 세계에서 존엄을 묻는 일은 어쩌면 무망한 시도일지 모른다. 그러나 안보윤의 텍스트는 섣부른 연대의 가능성이나 값싼 위로를 건네는 대신, 타인의 고통을 다 안다는 오만함을 내려놓도록 종용한다. 타인을 끝끝내 '알 수 없는' 고유한 존재로 남겨두는 그 아득한 거리감 속에, 역설적이게도 훼손되지 않는 존엄의 단초가 숨어 있지는 않을까? 이제 이 세 편의 얽힌 텍스트를 따라 걸으며, 번역되지 않는 고통들이 어떻게 서로를 스쳐 가는지, 그 쓸쓸한 교차로에서 무엇이 남겨지고 무엇이 말 걸어오는지 찬찬히 살펴보자.

2. 부서진 채 머무는 거리

이 연작소설집은 「이만 원만 빌려줘」 「(알 수 없음)」 「우리가 될 수 없는」이라는 세 편의 단편으로 구성되어 있다. 그러나 이 텍스트들은 독립된 이야기들로 나뉜 채 서로 닫혀 있지 않다. 한 소설에서 무심코 던져진 죽음과 사물은 다음 소설의 인물에게 지울 수 없는 흉터로 새겨지며, 주변부를 맴돌던 인물이 다음 장에서는 서사의 중심으로 이동한다. 파편화된 비극들은 기어코 서로의 꼬리를 물며 타인과 온전히 연결될 수 없는 우리 시대의 거대한 절망의 지형도를 그려낸다. 이 섬뜩한 연쇄의 한가운데에는 타인의 삶을 섣불리 재단하는 폭력과, 오직 화폐로 환산된 채 스스로의 의미나 가치를 찾지 못하는 인간의 초라한 모습이 새겨져 있다.

첫 번째 소설 「이만 원만 빌려줘」는 자살을 결심한 '나'가 온라인에서 만난 김동주라는 사내와 동반 죽음을 실행하기 위해 떠나온 여정을 진술한다. 숱한 '가짜' 자살 희망자들을 만나며 타인의 불행을 구경해온 '나'는, 모든 현실의 끈을 끊어낸 듯한 동주에게서 진짜 절망을 발견한다. 하지만 이들의 죽음 이면에는 더 기이하고 참혹한 사건이 도사리고 있다. 동주가 죽기 직전, 길거리의 어린아이를 유괴해 요구했던 몸값이 고작 '이만 원'이었다는 사실이 그것이다. 경찰은 "고작 이만 원 때문에 아이를 유괴한다는 게 말이 됩니까?"(35쪽)라며 분개하지만, 이 어처구니없는 숫자는 자본주의적 교환가치로는 결코 측량할 수 없는 한 인간의 지독한 부채감을 암묵적으로 증언한다.

이만 원은 동주의 친구 순호가 군복무 중 목숨을 끊기 직전, 마지막으로 빌려달라고 부탁했던 돈의 액수다. 불치병에 걸린 양어머니의 병원비를 대느라 닭 내장을 뽑으며 평생 빚더미 속에서 소진되어가던 순호는, 죽음의 문턱에서 "오래 끓여서 만두피가 바닥에 눌어붙은, 타기 직전의 뜨거운 만두전골"(43쪽)을 먹고 싶다며 동주에게 이만 원을 요청했다. 친구의 고통을 이해한다고 믿었지만 구원할 수는 없었던 동주는, 세상에서 가장 절망적이고 초라한 이만 원을 구하기 위해 아이를 유괴하고 기어코 죽음을 택한다. 순호에 대한 동주의 이해는 자살을 막을 수 있을 정도로 온전한 것은 아니었으며, 이로써 그의 이해는 어디까지나 자기만의 믿음에 불과한 것으로 드러났던 것. 순호의 고통을 이해할 수 있는 이는 아무도 없었으며, '우리'로부터 밀려난 그는 결국 스스로 생을 마감할 수밖에 없었을 것이다. 이해받지 못한 자의 고립된 죽음은 그렇게 누군가에게 영원히 갚을 수 없는 부채로 남겨진다.

"나는 내가 부끄러워서 죽습니다."(36쪽) 아이러니하게도 동주의 씁쓸한 죄의식에서 비롯된 이만 원은, 유괴에서 살아남은 아이 정우의 삶을 영원히 유폐하는 저주의 족쇄로 전이된다. 세 번째 소설 「우리가 될 수 없는」은 어른이 된 정우의 시선으로 세계를 응시하는 이야기다. 정우가 겪은 진정한 외상은 유괴범 동주가 아니라, 어머니의 강박에서 비롯된 것이다. 어머니는 자신이 정성껏 키워낸 아이가 고작 이만 원으로 환산되었다는 점을 결코 받아들일 수 없었다. 그녀는 흙투성이가 된 아이를 거칠게 뜯어내며 "제발 이만 원짜리같이 굴지 좀 마"(112쪽)라고 소리치고, 부유한 조카 준서의 삶을 자기 아이의 삶에 강제로 덮어씌운다. 자기 자신이 아닌 타인의 시선과 감정, 정체성을 흉내 내며 살아야 했던 정우. 어린 시절부터 느꼈던 공포와 상실감은 철저히 지워진 채, 오직 '이만 원'이라는 숫자가 안겨준 수치심을 가리기 위한 인생만이 그에게 허락되었다. 삶의 가치와 의미가 화폐로 계산되고 환산되는 순간, 가장 가까운 가족조차 서로를 훼손하는 잔혹한 가해자가 된 것이다. "네 차림새가, 네 몰골이, 네가 얼마나 거지 같아 보였으면 고작 이만 원을 달라고 하니."(112쪽) 세상의 이목 또한 다르지 않아, 납치한 동주와 납치된 정우 모두 화폐적 가치를 매개로 해서만 기삿거리가 될 따름이다.

몸값 이만 원. 모든 뉴스가 빼놓지 않고 그 금액을 언급했다. 유괴된 지 두 시간여 만에 아이가 무사히 돌아왔고 범인은 다음 날 새벽 강원도 펜션 근처 갓길에서 사망한 채 발견되었다는 후속 보도가 이어졌지만 댓글엔 온통 돈 얘기뿐이었다. *이만 원? 이천만 원을 잘못 쓴 거 아님? 최소 이백은 되겠지, 애가 어떻*

게 이만 원이야. 지나가던 개새끼도 그거보단 비싸겠
다.(112~113쪽)

숫자로 치환된 세계의 폭력성은 두 번째 소설 「(알 수 없음)」의 주인공 오영의 일상을 통해 상시적인 비극으로 변주된다. 가성비 좋은 저렴한 장례식장과 좁은 고시원을 전전하며 살아가는 오영은, 스스로를 "칠천 원짜리"(117쪽)라 자조하며 아파트 커뮤니티센터 안내 데스크에서 단기 알바로 일한다. 직장 내 괴롭힘으로 슬리퍼마저 신지 못한 채 맨발로 퇴근했던 여동생 이서의 죽음 앞에서도, 오영은 타인에게 감정을 쏟지 않고 그저 하루하루를 무기력하게 견뎌낸다. 퉁퉁 부어오른 맨발을 들여다보며 "아직 괜찮아, 아직 안 찢어졌어"(57쪽)라고 중얼거리던 이서의 참담한 모습은, 세계로부터 털끝만큼도 보호받지 못한 채 내동댕이쳐진 약자들의 훼손된 존엄을 상징한다. "약한 것들, 가여운 것들, 불쌍한 것들, 그런 것들의 미래는 다만 잘 썩고 잘 타는 것."(54쪽)

오영은 안내 데스크에서 오후 타임 알바생인 '동강 씨'와 조우한다. 그는 다름 아닌 어른이 된 정우다. 정우는 할머니의 옷장에서 훔쳐 온 황동 풍경을 배낭에 매달고 다니는데, 그 풍경은 맑고 그윽한 여운을 남기는 대신 "뎅강 동강 똥강"(65쪽) 하고 잘려나간 파열음을 쏟아낸다. 물고기가 몸을 뒤집을 때마다 깨진 것들이 바작대는 듯한 그 소리는, 상처 입고 부서진 채 세상을 부유하는 이들의 내면을 섬뜩할 정도로 정확하게 증언하는 듯하다. 그 기이한 파열음을 들으며 오영은 "풍경이 가여워요"(66쪽)라고 조용히 읊조린다. 이 만남은 비극으로 얽힌 두 세계가 마침내 교차하는 순간에 다름 아니다.

소설은 이들의 깊은 상처를 섣불리 위로하거나, 서로가 서로를 구원하리라는 통속적인 연대의 서사로 나아가지 않는다. 오히려 타인의 고통을 '이해'한다는 명목으로 행해지는 얄팍한 공감과 무신경한 폭력을 예리하게 고발한다. 정우를 치료하려 했던 수많은 상담사는 "네가 얼마나 힘들고 혼란스러운지 다 안다"(101쪽)며 친절함을 베풀지만, 정우에게 그들의 값싼 동정은 자신의 고유한 심연을 납작하게 축소하는 또 다른 모욕일 뿐이다. 오영 역시 이서의 죽음을 캐묻는 사람들의 시선 앞에서 철저히 입을 다물 수밖에 없다. 타인의 슬품을 자신의 언어로 온전히 번역할 수 있다는 오만함이야말로, 우리가 타인에게 가할 수 있는 가장 손쉬운 폭력임을 소설은 서늘하게 짚어낸다.

웃기지 않아요? 불행이란 건 지극히 개인적인 거예요. 오직 나만이 내 불행을 감각할 수 있어요. 타인의 동의나 이해 따위가 필요한 영역이 아니라고요.

누군가에게 이해받고 싶어 하는 사람이 더 처절하게 불행해지는 이유가 그거예요. 불행을 전시할수록 인간은 고독해지죠. 타인의 불행을 제멋대로 구경하고 속단할 순 있겠지만 그 무게와 밀도를 온전히 감각할 수 있는 건 본인뿐이에요. 난 동병상련이니 유대감이니 그딴 소리 안 믿어요. 만약 내게 손가락이 없고 당신에게 발가락이 없다면, 우리는 서로의 불편을 온전히 이해할 수 있을까요? 우리가 정말 같은 처지라고 말할 수 있어요? 피아니스트의 잃어버린 손가락과 마라톤 선수의 잃어버린 손가락이 같은 무게일 수 있나요?

그러니 알 것 같다는 말, 함부로 하지 말아요.(13~14쪽)

통속적인 연대의 감동만큼이나, 소설은 섣부른 복수의 서사마저 삼간다. 이서의 억울함을 풀어주기 위해 세상과 맞서는 대신, 오영은 천변에 나가 어디선가 훔쳐 온 수많은 신발을 그저 강물에 내던질 따름이다. 우연히 그 기이한 풍경을 목격한 정우는 오영이 조금도 홀가분해 보이지 않는다고 생각한다. 그들은 각자의 지옥에 머물 뿐, 결코 '우리'가 되지 못하는 것이다. 그렇기에 텅 빈 로비에 나란히 선 오영과 정우는 서로의 아픔에 함부로 침투하지 않는다. "우리가 될 수 없다면 서로인 채로 있으면 그만이다"(122쪽)라는 정우의 독백은 단순한 체념을 넘어선다. 그것은 타인의 고통을 자기 마음대로 재단하지 않겠다는, 끝끝내 알 수 없는 타자로 내버려두겠다는 지독하게 윤리적인 안간힘일지 모른다. 오영과 정우는 서로를 구원하는 대신, 그저 "망가진 채로, 가여운 채로 다만 서 있"(124쪽)기를 선택한다. 함부로 '우리'가 되기를 거부함으로써 역설적으로 서로의 훼손된 존엄을 지켜내는 이 기이한 거리는, 폭력적인 세계를 견뎌내기 위해 부서진 자들이 취할 수 있는 유일한 윤리적 감각일지 모른다.

서로에게 가닿지 못한 채 미끄러지는 인물들의 행방은 어디로 향하는가? 안보윤의 소설집은 거대한 비극적 카타르시스나 값싼 화해의 제스처로 서사를 봉합하지 않는다. 부서지고 상처 입은 자들은 그저 부서진 상태 그대로 내버려진다. 정우는 파랗게 칠해진 자신의 방 안에서 우득우득 얼음을 씹어 먹으며 서늘한 분노를 삭이고, 오영은 동생의 죽음 앞에서도 꼬리 잘린 도마뱀처럼 무기력하게 단기 아르바이트의 시간을 견뎌낼 뿐이다. 정우의 표현을 빌리자면 그들은 "각자의 지옥 속에 각자의 방식대로 서 있"(124쪽)을 따름이다. 타인의 고통을 나의 언어로 번역할 수 없다는 서늘한 자각은 필연적으로 서사의 완결을 유예한다. 이 소설집에 수록된 세 편의 이야기가 끝난 뒤에도 우리는 어떤 안도감이나 해소감을 느낄 수 없다.

이 지독한 유예의 감각을 완성하는 것은 책의 말미에 수록된 작가의 에세이 「마침표도 없이,」이다. 이 에세이는 단순히 소설의 집필 배경을 털어놓는 후기가 아니라, 앞선 세 편의 서사를 감싸안으며 텍스트 전에 불과하기 때문이다. 따라서 정우가 내뱉은 "우리가 될 수 없다면 서로인 채로 있으면 그만이다"라는 체념 어린 독백은, 역설적으로 타인을 향한 가장 깊은 존중의 선언이 된다. '너'를 '나'의 세계로 끌어들여 나의 언어로 번역하지 않겠다는 결연한 의지. 타인이 겪은 절망의 무게를 결코 만 원이나 칠천 원 같은 숫자로 환산하지 않겠다는 서늘한 거리두기. 이 철저한 타자성 속에 머물 때 비로소 서로를 훼손하지 않는 틈새도 열리지 않겠는가?

안보윤은 알 수 없는 타자를 내 곁에 '알 수 없는 채'로 머물게 하는 이 아득한 거리야말로, 어쩌면 인간의 존엄을 지켜내는 마지막 보루가 아니겠느냐고 묻는다. 세상의 잣대라는 마침표가 지워진 그 무한한 쉼표의 자리에서, 파편화된 개인들은 비로소 숫자로 매겨진 꼬리표를 떼고 서로의 부서진 소리에 가만히 귀를 기울일 수 있다. 에세이의 마지막에서 작가는 "끝끝내 우리가 될 수 없는 사람들에 대해서 썼다. 그러니 현실에서는 끝끝내 우리가 되는 사람들을 보고 싶다"(137쪽)고 적어 내린다. 이 문장은 결코 모순이 아니다. 타인의 고통을 결코 나의 것으로 삼을 수 없다는 뼈아픈 한계를 명징하게 인식할 때, 우리는 비로소 타인을 내 식대로 지우거나 오독하지 않고 그 곁에 나란히 설 수 있는 진짜 '우리'의 가능성을 엿보게 될 것이다. 함부로 이해한다고 말하지 않는 묵언(默言)과, 섣불리 다가가지 않는 멈춤. 파국과 절망의 기록을 통해 가장 역설적인 윤리와 연대의 단초를 벼려내는 것. 그것이 안보윤의 소설이 마침표 없이 우리에게 건네는, 묵직하고도 서늘한 통찰일 것이다.

개입하고 평가하려는 폭력성 속에서 인간의 존엄이 어떻게 바스러지는지를 직시하고자 한다. 그렇기에 오영과 정우가 서로를 대하는 방식은 이 소설집이 도달하고자 하는 가장 서늘하고도 직설적인 윤리에 가깝다. 오영은 정우의 배낭에서 울리는 기이한 풍경 소리를 섣불리 위로하며 고쳐주려 하지 않는다. 정우 역시 천변에서 무수한 신발을 내던지는 오영의 뒷모습에 다가가 그 슬픔의 연원과 이유를 부러 캐묻지 않는다. 그들은 동생 이서의 스마트폰 대화창에 남겨진 "(알 수 없음)"(69쪽)이라는 발신자 표시처럼, 상대방을 끝끝내 해독할 수 없는 미지의 텍스트로 남겨두고자 한다. 상대를 온전히 독해해내겠다는 오만함을 내려놓을 때, 비로소 우리는 상대를 대상화하지 않고 있는 그대로 바라볼 수 있게 된다.

'우리'라는 공동체는 흔히 누군가의 상처에 깊이 공감하고 그를 온전히 이해할 때 탄생하리라고 믿어진다. 하지만 이 소설집은 그 낭만적인 환상에 심대한 의문을 던진다. 자본주의적 교환가치와 얄팍한 동정심이 지배하는 이 세계에서, 타인을 이해한다는 것은 곧 타인을 자기의 잣대로 재단하고 소비하는 또 다른 폭력체의 윤리적 지향을 완성하는 또 다른 한 편의 소설처럼 묵직하게 기능한다. 에세이에서 작가는 유치원 시절 파란색 크레파스를 반으로 분질러버렸던 자신의 "비겁함"을 고백하며, 스스로를 열이 오르면 "바삭바삭해지는" 연약한 인간이라 부른다(130쪽). 바삭한 것들은 대개 너무나 쉽게 부서지기에, 작가는 자신을 무시하지 않고 그 바스라질 듯한 마음을 지켜내기 위해 안간힘을 썼다는 것. 상처받기 쉬운 내면을 지키기 위한 이 조심스런 방어기제는 소설 속 인물들이 세계를 견뎌내는 방식과 정확히 맞닿아 있다. 이 글 제목 끝에 찍힌 쉼표가 암시하듯, 작가는 마침표를 찍어 누군가의 삶을 섣불리 결론짓고 평가하는 폭력을 단호히 거부한다. 마침표란 무엇인가? 그것은 대상에 대한 해석이 끝났음을 선언하는 기호이자, 타인을 특정한 가치로 규정짓는 닫힌 세계의 상징이다. 유괴범 김동주를 향해 "고작 이만 원"이라고 내뱉던 세상의 비웃음이나, 정우의 상처를 향해 "다 안다"고 단언하던 상담사들의 시선은 모두 타인의 심연에 폭력적인 마침표를 찍으려는 시도였다.

작가는 "소중한 것들은 대개 가장 하찮은 이유로 일그러진다"(128쪽)고 고백하며, 타인의 삶에 함부로

트리플 36

이만 원만 빌려줘
© 안보윤, 2026

초판 1쇄 인쇄일 2026년 3월 19일
초판 1쇄 발행일 2026년 4월 3일

지은이 · 안보윤

펴낸이 · 정은영
편집 · 전욱진 김은혜 김수진
디자인 · 김지인
마케팅 · 이언영 임병천 임동렬 박채윤
저작권 · 신은혜 김현영
제작 · 홍동근
펴낸곳 · (주)자음과모음
출판등록 · 2001년 11월 28일
　　　　　제2001-000259호
주소 · 경기도 파주시 회동길 325-20
전화 · 편집부 02) 324-2347
　　　　경영지원부 02) 325-6047
팩스 · 편집부 02) 324-2348
　　　　경영지원부 02) 2648-1311
이메일 · 편집부 munhak@jamobook.com
　　　　저작권 ip@jamobook.com

잘못된 책은 구입한 곳에서
교환해드립니다.
저자와의 협의하에 인지는 붙이지
않습니다.

ISBN　978-89-544-7354-5 (04810)
　　　　978-89-544-4632-7 (세트)